dtv
premium

ANJA GOERZ

WENN ICH DICH HOLE

THRILLER

dtv

MIX
Papier aus verantwortungsvollen Quellen
FSC® C083411
www.fsc.org

Originalausgabe 2017

Umschlaggestaltung: Buxdesign, München
unter Verwendung einer Illustration von
Ruth Botzenhardt
Satz: pagina GmbH, Tübingen
Gesetzt aus der Adobe Garamond 11/14˙ und der Frutiger 9,5/14˙
Druck und Bindung: CPI – Ebner & Spiegel, Ulm
Gedruckt auf säurefreiem, chlorfrei gebleichtem Papier
Printed in Germany · ISBN 978-3-423-26147-0

PROLOG

Da ist er.

Ihr Junge.

Er ist so hübsch. Und so schnell groß geworden.

Sie ist ihm so nah.

Ihr Junge.

Sie lächelt, als sie ihm dabei zusieht, wie er die Bananen abwiegt und in den Einkaufswagen legt.

»Mama?«

Sie dreht sich um und das Lächeln verschwindet aus ihrem Gesicht, als das Kind zu der Frau geht.

Etwas ist falsch, aber sie wird es wieder richtig machen.

Es hat bereits zu lange gedauert.

Jetzt ist die Zeit gekommen.

König Salomo, du weißt, was richtig ist, denkt sie und wendet sich ab.

EINS

Insa legte noch eine Tüte Gummibärchen auf den Holztresen vor der Kasse. Die großen Entscheidungen wurden einem hier abgenommen, es gab nur diese eine Sorte Fruchtgummis. Beim Joghurt nur Erdbeere und Natur. Was sich eben unterbringen ließ in zwei schmalen Gängen, die kürzer waren als der Hausflur ihrer Schwiegermutter. Gleich neben dem Eingang eine Kiste mit Äpfeln, Kartoffeln und Möhren von Bauern aus der Gegend, eine schmale Fleischertheke, an der auch Brötchen und Briefmarken verkauft wurden.

Insa genoss es sehr, einfach in den Wagen zu packen, was eben zu haben war.

Ihre Schwiegermutter kam dazu, in der Hand eine Tüte von der Fleischertheke. »Die Rouladen, für Bendix.«

»Mit was füllst du die denn?«

»Na, Gurke, Zwiebel und Salami, wie immer.«

»Grete, Bendix verträgt doch abends keine Zwiebeln mehr, da wälzt der sich wieder die ganze Nacht im Bett herum.«

»Woher soll ich das denn wissen, wenn er nie mitkommt.« Entnervt schob ihre Schwiegermutter den Wagen weiter.

»Moin, Grete.« Der Ladeninhaber, Hauke Callsen, setzte sich selbst an die Kasse. »Du siehst ja ok jedes Mol jünger ut, dat mutt ik jo mol seggn«, versuchte er sich mit einem platten Kompliment.

»Moin.« Insa nickte Callsen zu, zog eine Plastiktüte

aus ihrer Anoraktasche und begann, die Einkäufe zu verpacken.

Grete winkte ab, musste aber doch so sehr lächeln, dass man ihre tiefen Grübchen sehen konnte.

»Wo steckt denn der Lütte?«

»Der wollte lieber zu Hause bleiben.«

»So grot is de schon, wa? Ja, de Tid, de löppt.« Er schüttelte den Kopf. »Und, sind Ferien, wa? 21 Euro und 48 Cent macht das bitte schön.«

Insa suchte nach ihrer Geldbörse, aber ihre Schwiegermutter hatte bereits einen Schein in der Hand und reichte ihn Callsen.

»Ja, diese Woche noch, dann geht die Schule wieder los.« Grete nahm das Wechselgeld entgegen. »Bendix kommt auch heute Abend. Der hatte noch im Ausland zu tun.«

»Immer noch so viel unterwegs, der Herr Computerspezialist?«

»Ai Tih«, belehrte Grete ihn und schloss ihre Geldbörse.

Insa schob den leeren Einkaufswagen zu den anderen hinter der Kasse.

Callsen rollte seinen Stuhl ein Stück zurück und stützte sich mit den Ellenbogen auf das Laufband. Die ideale Sitzhaltung für ein längeres Gespräch. Er lächelte Insa an. »Und du? Immer noch im Kindergarten?«

»Natürlich.« Insa lächelte zurück. »Ich könnte mir gar nichts Schöneres vorstellen.«

»Das hätte ich ja auch nicht gedacht, dass du und Bendix mal …«

»Ja, ja, Hauke.« Grete unterbrach den Mann und schob Insa vor sich her Richtung Ausgang. »Wir müssen dann auch mal los.«

»Nun warte doch …« Callsen stand auf, schälte sich aus

der kleinen Einbuchtung des Kassenraums und griff nach den Einkäufen. »Na, komm. Ich trag euch die Tüte eben zum Auto.«

»Ach, das ist doch nicht nötig.« Insa sah sich in dem kleinen Laden um, aber es war keine weitere Kundschaft da. Also überließ sie dem Mann ihre Einkäufe.

Callsen stieß die Ladentür auf und forderte die Frauen mit einer übertrieben galanten Handbewegung auf, hindurchzugehen.

»Und sonst, laufen die Geschäfte gut?« Insa wusste nur zu gut, dass sie größere Talente hatte als Smalltalk.

»Ja, mal mehr, mal weniger. Ich kann auch nicht alles auf Lager haben, was die Leute so wollen. Jetzt dieses ganze vegetarische Zeug, Wurst ohne Fleisch drin und so.« Callsen schüttelte den Kopf. »Schmeckt doch alles nicht. Man muss ja auch nicht jede Mode mitmachen. Aber wir vermieten jetzt ja auch.« Er bedeutete Insa, den Kofferraum des Wagens zu öffnen. »So.« Er stellte die Tüten ab, schlug den Kofferraumdeckel zu und rieb sich die Hände. »Mensch, ist das kalt heute. Kommt bestimmt noch Schnee.« Er gab Grete die Hand und erntete dafür ein schmales Lächeln. »Pass gut auf dich auf und lass dich mal wieder sehen.«

Insa öffnete ihrer Schwiegermutter die Beifahrertür und half ihr beim Einsteigen. Dabei fiel Gretes Handtasche auf den Schweller des Wagens und eine Schachtel Pfefferminzbonbons, ein Päckchen Taschentücher und der Insulinpen kullerten heraus. »Ach, was für ein Mist.« Insa stellte die Tasche hinter dem Sitz ab, sammelte Bonbons und Taschentücher ein und konnte sich ein Stöhnen nicht verkneifen, als sie sah, dass der schmale Stift unter das Auto gerollt war.

Callsen hatte die Aktion verfolgt und tauchte auf der Fahrerseite wieder auf, grinsend den Pen in der Hand haltend. »Hab ihn.« Er reichte ihn Grete und schlug die Beifahrertür zu.

Insa gab Callsen zum Abschied die Hand und stieg ebenfalls ein.

»Ach, du liebe Güte!« Grete starrte aus dem Fenster in Richtung des Friseurladens gegenüber. Eine Frau mit auffallend roten Haaren schaute nach links und rechts und überquerte dann die Straße.

»Kennst du die?«

»Was?« Grete schüttelte den Kopf. »Nein, ich dachte … aber das kann nicht … ich glaube nicht. Kann nicht sein.«

Insa startete den Wagen und sah im Rückspiegel den Ladenbesitzer winken, bevor er fröstelnd die Hände in seinen Kitteltaschen versenkte und in sein Geschäft zurückging.

»Es ist so schön, dass ihr bei mir seid, und ich freu mich schon, wenn Bendix heute Abend kommt. Lass uns doch in Niebüll noch eine schöne Flasche von dem Rotwein besorgen, den er so gerne trinkt.« Grete machte endlich wieder ein fröhliches Gesicht. »Ein kleines Gläschen kann ich mir wohl auch genehmigen.«

»Lass das mal nicht deinen Freund Hauke hören, dass du deinen Wein lieber woanders kaufst.«

Beide lachten.

Im Radio lief ein alter Song aus den 80ern, *Come On Eileen* von den *Dexy's Midnight Runners*. Insa drehte die Musik lauter und summte mit.

»Hach, daran erinnere ich mich noch, das hat Bendix auch rauf und runter gehört.« Grete klopfte den Rhythmus mit.

»Weißt du noch, wie ihr zwei früher immer im Wohnzimmer getanzt habt?«

»Na, ob man das Tanzen nennen kann?« Insa musste sich auf die Straße konzentrieren, es fiel bereits leichter Schnee und stellenweise war es sehr glatt. »Sag mal, was hat Hauke denn eigentlich gemeint vorhin?«

»Mit was?«

»Na, mit früher und mit Bendix und mir, als du ihn so rüde unterbrochen hast.«

»Ich habe keine Ahnung.« Gretes Tonfall ließ keinen Zweifel daran, dass sie über dieses Thema nicht reden wollte. Jedenfalls nicht jetzt. Wie schon so oft, wenn es um die Vergangenheit ihres Mannes ging, stieß Insa auf Granit. Bendix selbst hatte ihr oft genug erklärt, dass dieses Kapitel seines Lebens abgeschlossen sei und er nie wieder daran erinnert werden wolle. Und nun blockte auch Grete ab. Aber früher oder später würde sie ihnen die Geschichte, um die alle so ein Geheimnis machten, schon entlocken.

ZWEI

Neun Anrufe in Abwesenheit, zweiundzwanzig neue E-Mails. Am liebsten hätte Bendix das Handy gleich wieder ausgeschaltet. Und am allerliebsten hätte er sich gleich hier, im Finger der gelandeten Maschine, auf den Boden geworfen und wäre eingeschlafen. Einfach hinlegen und zwischen den hastig aus dem Flieger eilenden Beinen in schlecht geschnittenen grauen und blauen Anzughosen, Jeans und Seidenstrümpfen ein Nickerchen machen.

Dabei fing der Tag für ihn gerade erst an.

Die E-Mails: von seinen Partnern in San Francisco, die sich für sein Verständnis bedankten und beste Wünsche für eine gute Heimreise sandten. Werbung für maßgeschneiderte Anzüge, Rotwein im Sonderangebot, ein Upgrade für seinen Telefonanschluss und die Nachricht, dass die Reparatur seiner Armbanduhr abgeschlossen sei. Außerdem die Einladung von einer Kollegin zu einem fünfzigsten Geburtstag und Grüße aus dem Urlaub von seinem Freund Gerhard.

Die Anrufe: seine Assistentin, die ihn per Mailbox wissen ließ, dass sie ab jetzt im Büro erreichbar sei, falls sie etwas für ihn tun könne. Eine unbekannte Nummer. Die von der Autowerkstatt hatten versucht, ihn zu erreichen, obwohl er ihnen mit Sicherheit gesagt hatte, dass er in den USA sei und sich nach seiner Rückkehr melden würde. Und allein sechs Anrufe von Lewe.

Sechs!

Bendix musste die Aktentasche kurz absetzen und seine Hand an der Hose abwischen, das glatte Display reagierte nicht auf seine feuchten Finger.

Freizeichen am anderen Ende. Ein halbes nur, dann war sein Sohn schon dran.

»Papa, endlich!«

»Was ist denn los, Großer? Ich bin gerade erst in London gelandet.« Bendix nahm seine Tasche wieder auf und folgte dem Strom der Reisenden Richtung Terminal.

»Mama ist nicht da.«

»Und wo ist Oma?« Bendix scherte aus und lehnte sich erschöpft gegen die Wand.

»Die sind vorhin weggefahren. Einkaufen und so. Das is mir aber zu langweilig. Die sagen immer, sie wollen nur mal schnell was gucken. Aber das sagen die nur. Das dauert dann eeeeewig.«

Lewe klang nervös, aufgeregt, aber eigentlich nicht ängstlich. Sein Sohn war vor ein paar Wochen neun Jahre alt geworden und versuchte sich als Held, wann immer er konnte. Wenn er nervös wurde, plapperte er aber wieder wie ein Vierjähriger.

»Und wohin?«

»Ja, vorhin, gleich nach dem Frühstück.«

Bendix schaute kurz auf das Display, fünf Balken, der Empfang exzellent. »Ja, aber *wohin* sind sie gefahren? Und warum rufst du Mama nicht einfach auf dem Handy an?«

»Das hab ich ja, aber sie geht nicht ran.«

Zwei Flugbegleiterinnen mit rollenden Bordkoffern gingen an ihm vorbei. Eine schon älter, der Rock saß für seinen Geschmack etwas zu eng. Die andere blond und sehr sexy in ihrem blauen Kostüm, sie lächelte ihn an. »Lewe, ich muss erst mal Schluss machen. Sonst verpasse ich meinen Anschlussflug. Versuch es noch mal bei Mama, ja?«

»Okay, dann gehe ich noch kurz mit Albert raus, sonst pinkelt der wieder auf Omis Teppich. Weißt du noch, wie die sich aufgeregt hat, als Albert noch ein Baby war und …«

»Klar, hast du mir doch erzählt. Nimm dein Telefon bitte mit nach draußen, ja? Ich melde mich gleich wieder.«

Bendix legte auf und drückte die Kurzwahl für das Handy seiner Frau. Er hörte ihre Stimme sofort. Allerdings nur die konservierte Stimme.

Seltsam.

Das letzte Mal hatte er auf ihre Mailbox gesprochen, als sie stundenlang bei einer Zahnoperation auf dem Stuhl gelegen hatte. Insa war immer über ihr Handy erreichbar, vor allem, wenn sie Lewe alleine ließ.

Immer.

Er ging weiter Richtung Passkontrolle und wäre dem verschlafenen Typen vor ihm beinahe auf den Mantel getreten, den der gedankenlos hinter sich herschleifen ließ.

Er schaute auf die Uhr. Wenn Insa und seine Mutter nach dem Frühstück das Haus verlassen hatten, dann waren sie jetzt etwa zwei Stunden unterwegs. Einkaufen, Kaffeetrinken, vielleicht noch eine Nachbarin oder eine alte Schulkameradin treffen. Kleiner Schnack. Auch wenn die Wege da oben in Nordfriesland kurz waren – zwei Stunden waren gar nichts.

Oder?

Bendix öffnete die App der Fluggesellschaft, um dem Sicherheitsbeamten das Ticket für seinen Anschlussflug zu zeigen. Die Passkontrolle brachte er zügig hinter sich. Rolltreppe nach oben, weitere E-Mails checken, nichts Wichtiges, nichts dabei, was sofort beantwortet werden musste.

An der Kontrolle für Handgepäck eine Megaschlange. Mutter mit vor den Bauch geknotetem Baby, andere Geschäftsreisende in grauen und blauen Anzügen, die bereits ihre Gürtel und die Schuhe abgelegt hatten und vor sich hertrugen, ein älteres Pärchen, das sich an den Händen hielt. Vor ihm nutzte eine Familie mit zwei Teenagermädchen offenbar die Winterferien für einen Lehrgang in Sachen »Umständlich fliegen, aber richtig«.

In seiner Ungeduld war Bendix inzwischen kurz davor, dem Familienvater selbst den Gürtel aus der Hose zu zerren, damit es schneller voranging. Giggeln, kichern, hahaha, ist das alles aufregend hier. Warum gab es eigentlich keinen separaten Handgepäckcheck für Businessflieger? Er wollte sich endlich hinsetzen, in Ruhe seine E-Mails lesen, beantworten und mit Lewe telefonieren.

Die eine Tochter fummelte jetzt Kleingeld aus dem Jeansminirock, in den sie wahrscheinlich eingenäht worden war. Die andere suchte mit hochrotem Kopf nach irgendetwas in ihrem pinkfarbenen Rucksack. Und natürlich hatte Mutti ihre schicken Schnürstiefel angezogen. Wie ein Tausendfüßler. Bis sie komplett daraus ausgewickelt war, wäre er schon dreimal durch die Kontrolle hindurch gewesen. Schließlich hatte auch die zweite Tochter ihr iPad aus dem Glitzerrucksack geschält und in einer Plastikschale abgelegt.

Endlich wurde Bendix durch die Lichtschranke gewinkt, abgescannt, bekam seine Tasche wieder.

Er versuchte noch einmal, seine Frau zu erreichen. Wieder die Mailbox.

Er hastete zwischen all den Menschen aus aller Welt auf diesem riesigen Flughafen in Richtung der Lounge. Wurde immer wieder gebremst von jungen Familien mit klapprigen Rollkoffern, orientierungslosen Jugendlichen, müde aussehenden Frauen im Kostüm, die vor den Duty-free-Läden auf und ab schlenderten. Eine Senioren-Reisegruppe in beigefarbenen Westen mit unendlich vielen Taschen, passenden Hosen, die man auf verschiedene Längen knöpfen konnte, und ganz viel Zeit blockierte den Weg zur Rolltreppe in den ersten Stock zur Businesslounge. Empörtes Kopfschütteln aus der beigen Gruppe aufgrund seines Drängelns.

Bendix ging durch die Glastür und legte seine Bordkarte für den Anschlussflug nach Hamburg auf die orangefarbene Glasfläche des Counters. Die Stewardess, deren Gürtel exakt den gleichen Farbton hatte wie die Glasplatte, schenkte ihm ein professionelles Lächeln. »Danke. Ich weiß nicht, ob Sie es schon gesehen haben, Herr Steensen, Ihr Abflug verzögert sich leider.« Sie deutete auf den Bildschirm an der Wand gegenüber. »Es gibt eine technische Überprüfung der Maschine. Aber nichts Schwerwiegendes. Das kann nicht sehr lange dauern.«

Interessierte ihn jetzt gerade gar nicht.

Er wollte ohnehin erst einmal mit seinem Sohn sprechen.

Bendix hatte heute keine Freude an den beeindruckenden, halb offenen Wänden der Lounge, in denen Grünpflanzen und Farne wucherten, keinen Blick für die Köstlichkeiten auf dem Buffet und das reichhaltige Angebot an Zeitungen und Zeitschriften an den Lesestationen.

Er machte sich auch nicht die Mühe, auf einem der sand- und orangefarbenen Sessel nach einem Platz zu suchen, sondern ließ sich gleich am Eingang an einem Zweiertisch an der Wand nieder. Er nahm das Handy aus der Tasche, legte es vor sich auf den Tisch und schlüpfte aus dem Wollmantel. Setzte sich in den weich gepolsterten Sessel und streifte die Schuhe ab, bevor er wählte.

»Lewe?«

»Papa! Boh, das ist so kalt draußen. Bist du jetzt bald zu Hause?«

Bendix drückte sich das Telefon, so fest es ging, ans Ohr. Kein guter Platz. Laut. Am Zeitschriftenregal stand eine ältere Frau und rief ihrem Mann, der gegenüber auf einem Sessel saß, alle Titel zu. Sie stand etwa in der Mitte des Regals, da war vorerst kein Ende abzusehen.

»Das dauert noch, ich bin ja erst in London. Hat Mama sich gemeldet?«

»Ne. Warte kurz, wir sind grad zur Tür rein, ich muss Albert eben mal die Füße sauber machen. Wir sind durch ein paar Pfützen gesprungen und es ist ein bisschen matschig draußen.«

Es raschelte am anderen Ende. Jaulen, Klappern, beruhigende Worte für das Tier. Eine schwere Tür fiel ins Schloss. Ein Geräusch, das Bendix seine Kindheit und Jugend hindurch begleitet hatte.

»Papa?«

»Ja, ich bin hier.«

»Wann kommst du denn nun? Mama hat gesagt, dass du heute herkommst.«

»Ich weiß nicht genau, der Flieger hat etwas Verspätung, ist noch nicht ganz klar, wann es losgeht.«

»Das ist doch blöd. Ich hab keine Lust mehr, allein zu sein.«

»Mama und Oma sind noch nicht so lange weg. Und du bist ja nicht allein, Albert ist doch da.«

»Aber ich kann Mama sonst immer anrufen!«

»Lewe, wir zwei telefonieren doch jetzt. Ich würde vorschlagen, du machst es dir mit Albert gemütlich und ich guck mal, ob ich Mama und Oma auftreiben kann, okay?«

»Wie denn?«

»Das lass mal meine Sorge sein.«

»Okay.«

»Wollte Mama in Niebüll einkaufen gehen?«

»Ne, ich glaub, im Dorf.«

Das Dorf. Die kleine Ortschaft, zu der das einsame Haus seiner Mutter gehörte, war nur wenige Kilometer entfernt.

»Und dann wollten sie noch Kaffee trinken, ich glaube, in Klanxbüll.«

»Dann sind Oma und Mama sicher bald wieder da.«

»Oma will Pfannkuchen machen zum Mittag.«

»Lecker. Dann versuch ich jetzt mal, die beiden zu finden.«

»Boahhh, du bist doch so weit weg, wie soll das denn gehen? Bist du jetzt Superman? Oder irgendein Typ, der so Laseraugen hat und alles sehen kann, was Millionen Kilometer entfernt ist?«

Bendix hielt sich mit der rechten Hand das rechte Ohr zu, während er mit der linken das Telefon an die Ohrmuschel presste. Der Mann hatte sich noch immer nicht für eine Zeitschrift entschieden. »Ne, das nicht, aber ich bin dein Papa, der Mann, der alles kann, schon vergessen?« Ein Satz aus einem Lieblingsbilderbuch von Lewe, der immer funktionierte. Streit mit der Mathelehrerin, ein Eurostück in der Toilettenschüssel, ein platter Fahrradreifen, eine Riesenspinne im Badezimmer – immer ein Fall für den Vater, »den Mann, der alles kann«.

»Was machst du denn jetzt?«

»Ich warte auf meinen Flug nach Hamburg.« Bendix' Blick fiel auf einen Platz am Fenster. Dort hatte sich eine Familie mit vier Kindern ausgebreitet, als würden sie sich auf einen wochenlangen Aufenthalt in Heathrow einrichten. Stofftiere und Bilderbücher lagen auf dem Teppichboden verteilt, Kekskrümel und geöffnete Chipstüten verzierten die Sessel. Ein Junge, etwa in Lewes Alter, spielte auf einem Handy herum, ein jüngeres Mädchen hatte sich mit Schuhen auf einem Sessel eingerollt und kämmte einer Puppe die Haare. Die deutlich mit der Situation überforderte Mutter versuchte, einen laut quengelnden Säugling zu beruhigen.

»Und was mache ich, wenn es noch später wird? Ich kann ja keine Pfannkuchen kochen.«

»Da mach dir mal keine Sorgen, du bist nicht mehr lang alleine. Lass mich erst mal ein bisschen herumtelefonieren, okay? Ich melde mich wieder.«

»Okay. Bis nachher. Tschüss, Papa.«

Bendix beendete das Telefonat und tippte eine weitere SMS an seine Frau mit der Bitte, sich umgehend zu melden. Dann rutschte er tiefer in den Sessel und verschränkte die Arme vor der Brust. Nur kurz nachdenken.

Er war müde. So müde.

DREI

Es schneite jetzt viel heftiger. Noch dazu wehte ein eiskalter Wind.

Ungewöhnlich für Nordfriesland. Eigentlich kam der Schnee hier schon nass auf der Erde an und schmolz schnell zu einer unansehnlichen grauen Masse zusammen. Die Kälte sorgte heute aber dafür, dass die watteweißen Flocken am Boden liegen blieben. Es sah aus, als hätte jemand ein Schaumgebirge aus einer Badewanne vom Himmel gepustet.

»Mein lieber Mann, da passiert sicher noch ordentlich was. Das wird ganz schön ungemütlich.« Grete deutete auf den nahezu schwarzen Himmel über dem Rathaus. »Wir sollten sehen, dass wir schnell nach Hause kommen. So ein Wetter hatten wir lange nicht.«

Insa konzentrierte sich auf die Straße, stellte die Scheibenwischer auf höchste Stufe. Die Heizung hatte Mühe, auf Temperatur zu kommen, der Motor lief noch nicht lange genug. »Hoffentlich ist das Wetter in Großbritannien besser. Bendix hat im Winter schon öfter mal in London wegen schlechten Wetters festgesessen. Die sind beim Fahren und Fliegen Schnee und Eis einfach nicht so gewohnt. Wir waren vor zwei Jahren nach Weihnachten mal ein langes Wochenende da und mussten auch ewig warten, bis die Maschine endlich starten konnte, weißt du noch?« Sie warf einen schnellen Blick zur Seite auf ihre Schwiegermutter, die im Handschuhfach nach dem Antibeschlagtuch suchte, und legte die Hand auf Gretes Knie. »Alles in Ordnung bei dir? Geht es dir gut?«

Grete klappte das Handschuhfach wieder zu. »Natürlich. Ich freue mich, dass wir heute Abend wieder komplett sind.« Sie streichelte Insa zart über die Finger. »Danke, dass du gekommen bist. Ich weiß, es ist immer ein Aufwand, selbst für die paar Tage.«

»Unsinn.« Insa setzte den Blinker und bog auf die schmale Straße Richtung Rodenäs ab.

»Doch, doch, du musst jemanden finden, der sich um eure Wohnung kümmert, Bendix musste seine Reisepläne ändern, den Flug umbuchen …«

»Aber das war doch nun wirklich kein Problem.« Insas Telefon klingelte. »Ach, wie ärgerlich, ich hab mein Handy in die Tüte mit dem Wein gesteckt, da hinten, neben deiner Handtasche. Kommst du da ran?«

Grete wandte sich um, streckte sich, schnaufte und versuchte es noch einmal. »Nein, tut mir leid.«

Das Klingeln hörte wieder auf.

Eine heftige Bö drückte seitlich auf das Auto und Insa hatte für einen Moment Mühe, die Spur zu halten. Aber selbst wenn sie auf die Gegenfahrbahn kam, würde hier draußen nichts passieren. So nahe am Deich war selten jemand unterwegs. Hier wohnte ja kaum einer, und bei diesem Wetter saßen alle lieber im Warmen.

Links und rechts der schmalen Straße breiteten sich die brachen Felder aus, gesäumt von Büschen und schief gewachsenen Bäumen, deren schwarze Äste laublos in den Himmel ragten. Eine Schicht Schnee bedeckte die Landschaft inzwischen. Wie eine hauchdünne, halb durchsichtige Decke lag das Weiß über den Gräsern und auf der Straße.

»Schau dir das an! Bei mir hinten im Garten gucken seit ein paar Tagen schon die ersten Krokusse raus und nun sind wir wieder mitten im Winter.« Grete beugte sich vor, um einen besseren Blick durch die Windschutzscheibe in den Himmel zu haben. »Je älter ich werde, umso mehr habe ich den Winter satt. Dieses ewige Grau macht einen ganz traurig. Man hat den Eindruck, es dauert jedes Jahr länger, bis der Frühling endlich kommt.«

»Vielleicht wanderst du doch noch aus nach Mallorca«, schlug Insa vor. »Da ist es um diese Jahreszeit auf jeden Fall schon wärmer und etwas bunter in der Natur. Du hast doch immer so geschwärmt von der Mandelblüte im Frühjahr.«

Sie hatten Rodenäs hinter sich gelassen und fuhren langsam zwischen abgeernteten Feldern auf der einen und den Wattwiesen auf der anderen Seite am Deich entlang. Ganz vereinzelt kam ein Bauernhof oder ein Haus in Sicht.

»Ja, im Urlaub ist das ganz schön da. Aber sonst? Viel zu heiß im Sommer und ich kenne da doch keinen«, erwiderte Grete entschieden. »Ich würde doch Nordfriesland nicht verlassen. Meine Freundinnen sind hier und außerdem …« Sie wollte gerade zu einer längeren Erklärung ansetzen, als Insas Handy wieder klingelte.

»Vielleicht fahre ich doch besser kurz rechts ran. Wenn ich mich nicht melde, ruft Lewe gleich das Jugendamt.« Insa schüttelte grinsend den Kopf und hielt Ausschau nach einer geeigneten Stelle, an der sie den Wagen zum Stehen bringen konnte. Die Straße war kurvenreich und dadurch schwer einsehbar, sie wollte nicht riskieren, dass irgendein verschlafener Bauer ihr bei diesem Wetter auf den Wagen auffuhr.

»Achtung!!!«

Wo kam denn dieses Auto auf einmal her?

Ein heftiger Stoß.

Scheppern.

Quietschende Reifen.

Ihr Wagen drehte sich um die eigene Achse, rutschte rasend schnell Richtung Straßengraben.

Wo war das Lenkrad?

Glatteis.

Wo war oben?

Wieso funktionierte die Bremse nicht?

Schnee.

Insa konnte nicht mehr sagen, ob das ihre eigenen Schreie waren oder die ihrer Schwiegermutter.

Dann wurde es schwarz um sie herum.

Das Telefon klingelte wieder.

VIER

Bendix schreckte hoch. Er setzte sich auf, wischte sich einen Speichelfaden vom Kinn und sah sich um.

In der Lounge war es deutlich voller geworden. Ihm gegenüber saß eine junge Frau in einer zerlöcherten Jeans und einem Designer-T-Shirt mit einem Totenkopf aus Glitzersteinchen, die ihm kurz einen verächtlichen Blick zuwarf, sich dann aber wieder auf ihren E-Reader konzentrierte.

Vermutlich hatte er im Schlaf, zusammengekrümmt auf dem Sessel, nicht eben elegant ausgesehen. Er gönnte sich noch einen Moment der Ruhe, um den Schlaf ganz abzuschütteln, schloß kurz die Augen, lauschte der entfernten Loungemusik und atmete tief ein und aus. So, wie er es im Anti-Stress-Seminar gelernt hatte. Er versuchte, an nichts zu denken und einen Moment bei den sphärischen Klängen zu bleiben, bis ihm wieder einfiel, was ihn vor seinem Nickerchen beschäftigt hatte.

Er checkte die Uhrzeit, halb eins, und vergewisserte sich auf dem Bildschirm, der schräg über ihm hing, dass sein Flug nach wie vor nicht aufgerufen war. Alles noch genau so, wie es vor einer knappen Stunde gewesen war.

Sein Handy war tief in die Innentasche seines Sakkos gerutscht. Eine neue E-Mail von seiner Assistentin, die er später beantworten konnte.

Keine weiteren Anrufe.

Lewe ging es also gut.

Insa und seine Mutter hatten sich sicher einfach nur beim Kaffeetrinken verquatscht und waren längst zu Hause. Sein Sohn verdaute möglicherweise gerade mindestens sieben Pfannkuchen und wartete darauf, dass Bendix endlich auch in Nordfriesland ankam.

Kein Grund zur Besorgnis.

Er schickte noch eine SMS an seinen Sohn und eine weitere an seine Frau und nahm seinen Mantel.

Er musste jetzt erst einmal etwas essen und trinken.

FÜNF

Insa kam zu sich. Sie fühlte sich wie nach einem Albtraum. Müde und wie zerschlagen. Sie fror und schmeckte Blut auf der Lippe. Behutsam untersuchte sie ihr Gesicht und zuckte zusammen, als sie eine große Beule an der Stirn ertastete. Sonst schien alles heil geblieben zu sein.

Vorsichtig versuchte Insa, sich zu strecken, aber der Wagen lag leicht schräg, es kostete sie Mühe, überhaupt den Gurt zu lösen. Langsam schob sie sich auf dem Sitz nach vorn, drehte sich leicht zur Seite und lauschte auf die Atemzüge ihrer Schwiegermutter. Sie griff nach Gretes Hand.

»Grete?«

Keine Antwort.

Sie fuhr sanft mit den Fingern über die weiche Haut der alten Hand. »Ich versuche auszusteigen und ums Auto herum auf deine Seite zu kommen, Grete. Bleib einfach ruhig liegen.«

Immer noch keine Reaktion.

Mühsam wandte sie sich zur anderen Seite. Die Fahrertür war leicht eingedrückt und Insa brauchte all ihre Kraft, um sie zu öffnen. Der starke Wind kam immer noch in Böen und arbeitete zusätzlich gegen sie, bis er unerwartet drehte und die Tür mit Wucht nach außen drückte.

Insa zog sich am Türrahmen hoch. Als sie sich mit dem rechten Fuß auf dem Boden vor dem Wagen abstützen wollte, schoss ein stechender Schmerz ihr Bein hinauf. Deshalb versuchte sie, den Fuß nicht zu belasten, und wuchtete sich mit den Armen aus dem Auto. Zuletzt befreite sie das linke Bein.

Das Schneetreiben war noch heftiger geworden und die Feuchtigkeit umgab sie sofort wie ein nasser Mantel. Die Kälte tat ihr aber gut, lenkte von den Schmerzen ab und der Wind pustete den Kopf frei. Das Pochen ließ etwas nach und sie bewegte sich langsam, um den Fuß zu schonen.

Als Insa neben dem Wagen stand, erkannte sie das gesamte Ausmaß des Unfalls. Das Auto war seitlich in den Graben gerutscht, was kein Problem gewesen wäre, wenn der Frost bereits vor ein paar Tagen eingesetzt und dafür gesorgt hätte, dass das stehende Wasser zu einer Eisfläche gefror. Nun aber hing eine Hälfte des Hecks in einer Masse aus Schneematsch und Schlamm, vom kompletten Absinken nur durch die dichten Zweige einer Weide aufgehalten. Insa würde den Wagen ganz sicher nicht wieder auf die Straße fahren können. Ohne einen Abschleppwagen hatte sie keine Chance.

Sie brauchte ihr Handy, musste aber zunächst nach Grete sehen. Und was war eigentlich mit dem anderen Wagen?

Das Auto stand wenige Meter entfernt mitten auf der Straße. Der Motor lief noch, die Scheinwerfer waren eingeschaltet. Eine Limousine mit Münchner Kennzeichen. Ungewöhnlich. Der rechte Scheinwerfer war kaputt, der Kotflügel eingedellt. Die Fahrertür stand offen. Durch die dunkel getönten Scheiben war niemand zu sehen. Wo war der Fahrer? Herausgeschleudert in den Graben?

Insa beugte sich in ihren Wagen. »Grete?«

Keine Reaktion.

»Grete, ich muss mal gucken gehen, was mit dem anderen

Fahrer ist. Ich bin gleich zurück.« Sie legte eine Hand auf die ihrer Schwiegermutter. Warm. Und immerhin atmete Grete.

Insa griff nach ihrer Handtasche hinter dem Sitz, als sie ein Geräusch hörte.

Dann ein heftiger Schmerz am Hinterkopf.

Wieder alles schwarz.

SECHS

Bendix stellte zufrieden und satt seinen Teller auf dem Tischchen vor sich ab.

Er hatte sich reichlich am Buffet bedient und dann einen Sitzplatz am Fenster gefunden mit direktem Blick auf das Vorfeld des Flughafens. Ein einsames Follow-me-Fahrzeug zog mit blinkenden Lichtern seine Kreise.

Die Anzeigetafel informierte darüber, dass bereits mehrere Flüge verspätet starten würden, zwei Verbindungen waren mit einem roten »cancelled« markiert.

Piepsen. Eine Nachricht von Lewe. *Hallo, Papa, habe zum Mittag Müsli gegessen. Mama ist noch nicht zu Hause. Wann kommst du?*

Bendix schaute auf seine Uhr und rechnete nach. Inzwischen waren etwa vier Stunden vergangen, seit Insa und seine Mutter das Haus verlassen hatten. Bendix versuchte einzuschätzen, was die beiden in diesen zweihundertvierzig Minuten getan hatten und was sie aufgehalten haben könnte. Vielleicht eine Sperrung der Bahngleise in Niebüll? Kam schon mal vor, wenn mit dem Sylt-Shuttle irgendwas war. Aber dann hätte Insa jedenfalls kurz bei Lewe angerufen.

Eine Durchsage wies darauf hin, dass die technische Überprüfung seiner Maschine abgeschlossen sei und man in wenigen Minuten eine neue Abflugzeit bekannt geben werde. Immerhin. Endlich würde es weitergehen.

Bendix spürte allerdings, wie die anfängliche Unruhe einem diffusen Gefühl von Sorge Platz machte.

Vier Stunden.

In vier Stunden konnte man von Nordfriesland locker bis nach Hamburg fahren und zurück. Sogar Berlin war in dieser Zeit mit dem Auto zu erreichen. Wenn der Verkehr und das Wetter mitspielten. Aber was sollte Insa in Berlin?

Er schickte seinem Sohn eine SMS zurück: *Wie ist das Wetter bei euch?*

Bendix stand auf und nahm sich einen Orangensaft aus dem Kühlschrank an der gegenüberliegenden Wand.

Es schneit.

Gut, auch das hatte nichts zu bedeuten. Insa war eine erfahrene Autofahrerin und auf den Straßen da oben war zu dieser Jahreszeit kaum Verkehr. Vielleicht hatte sie einfach beschlossen, alte Freunde zu besuchen? Insa wusste sehr genau, wie wenig Lust er darauf hatte, bei irgendwelchen Nordfriesen am Kaffeetisch zu sitzen und sich über seine Arbeit ausfragen zu lassen. Aber Insa liebte es, über »früher« zu reden und in Erinnerungen an die Schulzeit zu schwelgen.

Bendix stellte das Glas auf dem kleinen Tisch ab und suchte in den Kontakten in seinem Handy nach der Nummer von Insas Schulfreundin Gyde.

»Schulenburg?«

»Hallo, Gyde, hier ist Bendix Steensen.«

»Bendix? Na, das ist ja mal eine Überraschung! Wie geht's denn so? Sehen wir uns mal wieder?«

Er hörte Kinderlärm im Hintergrund. »Ja, ich bin auf dem Weg nach Niebüll. Entschuldige, ich will dich gar nicht lange stören, aber ist Insa vielleicht bei dir?«

»Ne, tut mir leid. Sie hat mich gestern angerufen, um

sich zu verabreden, aber ich bin grad gar nicht in Niebüll.«

Ein Kind rief laut nach seiner Mama und Gyde entschuldigte sich mit einem »Moment mal«. Er hörte, wie sie dem kleinen Schreihals erklärte, dass er sich noch ein wenig gedulden müsse. »Entschuldige. Wir sind mit der ganzen Familie auf Madeira. Was ist denn mit Insa?«

»Ach, gar nichts wahrscheinlich. Lewe hat mich angerufen, weil er alleine ist.«

»Klar, der langweilt sich natürlich. Sind ja alle seine Freunde in den Ferien. Und das Fernsehprogramm hat man auch irgendwann satt.« Sie lachte.

»Da hast du recht.«

»Mach dir mal keine Sorgen. Bei uns da oben geht so schnell keiner verloren, das weißt du doch.«

»Danke, Gyde, und noch einen schönen Urlaub.«

»Werde ich haben. Wär schön, wenn du dich auch mal wieder blicken lässt bei uns. Schick nicht immer nur deine Frau zu deiner Mutter.«

Sie versuchte, den Vorwurf in einen freundlichen Tonfall zu verpacken, aber Bendix wusste, dass auch Insa nicht immer begeistert war, wenn er Arbeit vortäuschte, um nicht mitfahren zu müssen zu seiner Mutter. Mit ihr hatte das auch gar nichts zu tun, er fühlte sich einfach nicht mehr wohl dort oben.

Seit damals.

Aber das hatte er immer schon für sich behalten.

»Mach ich, Gyde. Versprochen. Tschüss.«

Noch einmal ein lautes »Mamaaaaa« im Hintergrund und das Gespräch wurde unterbrochen.

Bendix überlegte, ob er den Supermarkt in Rodenäs anrufen sollte. Wenn die Frauen wirklich bei Hauke Callsen einkaufen gewesen waren, dann würde der sich auf jeden Fall daran erinnern. Andererseits hatte Gyde wahrscheinlich recht. Er reagierte viel zu panisch. Hauke würde im ganzen Dorf herumerzählen, dass Bendix seiner Frau hinterhertelefonierte. Auf das Gerede konnte er gerne verzichten.

»Meine Damen und Herren, eine Durchsage für alle Gäste des Fluges LH 2615 nach Hamburg: Leider müssen wir Ihnen mitteilen, dass sich der Abflug auf unbestimmte Zeit verschiebt. Wir werden Sie umgehend informieren, wenn wir Neuigkeiten oder eine konkrete Abflugzeit haben, und bitten um Verzeihung für die Umstände, die Ihnen durch den verspäteten Abflug möglicherweise entstehen.«

So langsam wurde es eng. Wenn die Maschine nicht rechtzeitig in die Luft kam, würde er seinen Zug in Hamburg verpassen. Was wiederum bedeutete, dass er Nordfriesland heute gar nicht mehr erreichen würde.

Wo konnte seine Frau bloß stecken?

Vielleicht war Insa doch lieber zu einem Supermarkt nach Niebüll gefahren statt in den kleinen Dorfladen? Dann machte er sich mit seinem Anruf bei Hauke erst recht lächerlich. Der Klatsch würde sich Monate halten. Das kannte er noch aus seiner Jugend.

Vielleicht sollte er die Krankenhäuser anrufen. Nur zur Sicherheit.

Vielleicht war es doch sehr glatt auf den Straßen in Nordfriesland.

Vielleicht lag Insa im Koma, während er hier gemütlich seinen Orangensaft trank.

Vielleicht rang seine Frau mit dem Tod, während irgendein Flugzeugtechniker seinen Job nicht richtig erledigte und er deswegen weiter warten musste.

Vielleicht, vielleicht, vielleicht.

HENRIKE

Später fragte sie sich manchmal, ob er bemerkt hatte, dass es kein Unfall gewesen war. Oder ob er es irgendwann geahnt hatte.

Jeden Tag nach der Arbeit stand sie in der Nähe seines Hauses und wartete.

Sie war ihm gefolgt.

Sie hatte jeden seiner Schritte beobachtet.

Bis sie wusste, wann er an welchem Ort sein würde.

Sie kannte die Trainingszeiten seines Vereins.

War gerührt, weil er einmal in der Woche ein paar Stunden am Abend für seine Oma frei hielt.

Sie wusste auch, wo sie das Auto abstellen musste, um ihn nach seinem Job in der Eisdiele abzufangen.

Sie beobachtete, wie er auf seinem Fahrrad näher kam.

Wie immer hatte er die Kapuze seiner dunklen Sweatshirtjacke tief ins Gesicht gezogen.

Wie immer fuhr er auf der falschen Seite der Straße.

Er nahm den Wagen am Straßenrand gar nicht wahr.

Es war so einfach gewesen, den richtigen Zeitpunkt zu treffen.

Sie löste den Sicherheitsgurt und öffnete schwungvoll die Fahrertür. Er versuchte noch auszuweichen, aber sein Rennrad nahm bereits frontal Kurs auf das Auto. Prallte mit dem Vorderreifen an die Tür, kippte seitlich weg.

Sie hörte Schmerzensschreie und das Knirschen von Blech auf Beton.

Dann war sie auch schon bei ihm. Kniete sich auf den Radweg und half ihm beim Aufstehen.

»Ach, du meine Güte, ich bin so dusselig, entschuldige bitte. Hast du dir wehgetan?«

»Geht schon. Danke.« Er rappelte sich auf. Zog Kapuze und Kopfhörer vom Kopf und schaute sie dann erst richtig an.

Sie beobachtete, wie er die Zähne zusammenbiss, als er sich aufrichtete. Und wie er seinen Schmerz für einen Moment vergaß. Dann dieses Lächeln. »Kennen wir uns? Wohnst du hier? Ich hab dich noch nie gesehen.«

»Ich wollte nur kurz eine Postkarte einwerfen.« Sie deutete auf den gelben Kasten, der am Straßenrand stand.

Er war nur auf sie konzentriert und bemerkte deshalb auch nicht, dass sie vergessen hatte, die vorbereitete Postkarte in der Hand zu halten.

Er streckte sich stöhnend. Begutachtete sein Rennrad. »Das muss ich wohl stehen lassen. Klassische Acht.« Er hob den Haufen Schrott an und schob ihn humpelnd an den Rand des Radweges. »Das Mindeste, was ich an Schadenersatz erwarten darf, ist wohl, dass du mich jetzt auf ein Getränk einlädst.« Er deutete auf ihren Wagen. »Und einen Fahrdienst brauche ich natürlich auch.«

»Das ist doch selbstverständlich. Es tut mir so leid«, beteuerte sie. »Ich fahre dich natürlich gern nach Hause, aber das mit dem Getränk müssen wir verschieben, ich habe schon etwas vor.«

Enttäuschung in seiner Miene. Sie hatte wirklich nicht erwartet, nicht zu hoffen gewagt, dass es so einfach werden würde.

Er ließ sie nicht aus den Augen, als sie sich neben ihn setzte. Deutete Schmerzen im Bein an, um sich ein wenig mehr auf ihre Seite zu beugen, und legte seine Hand auf den Fahrersitz.

Sie fühlte angenehme Wärme in sich aufsteigen.

An diesem ersten Tag hatten sie noch lange im Wagen gesessen. Vor seiner Haustür. Er hatte viel von sich erzählt.

Dinge, die sie längst wusste.

Schon am nächsten Abend hatte er sie angerufen.

Für einen winzigen Moment war da die Angst gewesen, dass er sich nur meldete, um sich zu beschweren. Vielleicht weigerte sich die Versicherung, sein Fahrrad zu ersetzen.

Eine unbegründete Angst.

Ihr Herz klopfte.

Sie hatte ihn so lange schon so sehr gewollt.

Aber nach außen hin gab sie sich cool.

Besser so.

Sie hatte bereits Erfahrungen mit Männern gemacht. Man durfte sich nicht gleich zu erkennen geben. Zurückhaltung schürte die Sehnsucht. Das Verlangen.

Er hatte nicht lockergelassen. Jeden Tag angerufen.

Wollte sie treffen, sie wiedersehen.

Geschichten aus ihrem Leben hören, mehr von ihren Wünschen und Träumen wissen.

Sie anfassen und spüren.

Schließlich stand er mit Blumen vor der Praxis.

Ein leichter Schwindel erfasste sie.

Sie würde ihn glücklich machen.

So glücklich, dass er nie wieder ohne sie würde sein wollen.

Für immer.

SIEBEN

Er war das Böse.

Er war auf der dunklen Seite der Macht.

Er hatte das Gute beinahe besiegt.

Er hörte ein Geräusch.

Lewe schaute auf sein iPad, aber das Geräusch gehörte eindeutig nicht zu seinem Spiel. Ein Lichtschwert klapperte nicht. Damit kannte er sich nun wirklich aus.

Das Geräusch kam von unten.

Lewe wollte gerade erleichtert nach seiner Mutter rufen, als er erschrocken innehielt.

Vielleicht war es keine so gute Idee, das Böse zu sein, denn vielleicht kam das Böse gerade ins Haus seiner Oma spaziert.

Lewe hielt den Atem an und lauschte. Er hörte nur das leise Schnarchen von Albert, der auf dem Bett lag. Auch wenn seine Mutter es verboten hatte.

Sonst war da nichts.

Jetzt war es auch schon wieder ganz still.

Bis auf das Klopfen. Sein Herz schlug so schnell und laut, dass es bis in den Kopf dröhnte.

Lewe lauschte.

Hier bei seiner Oma gab es immer unbekannte Geräusche. Er hatte sich schon oft erschreckt.

Im vergangenen Herbst, als der Wind das Vogelhäuschen auf der Terrasse umgeworfen hatte.

Bei dem Sturm, der den großen, schweren Strandkorb einfach umgeweht hatte.

Als er im Sommer im Garten gespielt und Bauer Vedder seine neue Hupe am Trecker ausprobiert hatte. Da hatte er sogar geschrien wie ein kleines Baby, weil er so einen Schreck bekommen hatte.

In der Wohnung in Hamburg gab es nur den Lärm von Autos und Lastwagen, die auf der Straße vorbeifuhren, und ab und zu eine Polizeisirene.

Lewe kroch unter die Bettdecke und versuchte noch einmal, seine Mutter auf dem Handy anzurufen. Einfach die Eins drücken. Das hatte Papa ihm alles eingestellt. Auf der Eins war Mama und auf der Zwei war Papa. Oma hatte nur das Telefon im Haus.

Wie schon den ganzen Vormittag sprang beim ersten Signalton von Mamas Handy die Mailbox an.

Bei seinem Vater war besetzt.

Lewe wollte seine Mami zurück. Jetzt sofort. Das hatte sie noch nie gemacht, sich einfach nicht gemeldet.

Wo konnte sie nur sein?

Vielleicht hatte sie einen Unfall mit dem Auto gehabt und lag jetzt im Krankenhaus?

Es war zwar noch nicht dunkel, aber auf den einsamen Straßen hier draußen konnte manchmal einfach so ein Lastwagen aus einer Einfahrt kommen oder der Postbote, ohne zu gucken. Mit seinem Vater hatte er das einmal erlebt, es hatte total gescheppert und dabei war der Außenspiegel des Postautos abgebrochen.

Und wieso war sein Papa immer noch nicht da?

Lewe schluchzte.

Vielleicht war seine Mutter gestorben. Und seine Oma auch. Und sein Vater wollte ihn gar nicht mehr haben.

Dann musste er jetzt immer und immer hier in diesem Haus alleine bleiben.

Lewe wischte sich die Rotze mit dem Ärmel seines Sweatshirts ab, kroch unter der Bettdecke hervor und kuschelte sich mit dem Kopf an Albert.

Der wurde wach und schleckte ihm mit seiner feuchten Zunge über das Gesicht.

Sein Vater sagte immer, man solle sich nur über Dinge den Kopf zerbrechen, bei denen man wirklich sicher war, dass sie passiert sind. »Nicht über ungelegten Eiern brüten« nannte er das. Vielleicht musste Lewe einfach nachsehen, was in Omas Wohnzimmer los war.

Er lauschte wieder nach unten.

Immer noch Stille. Keine seltsamen Geräusche mehr.

Er hatte über dem Spielen vollkommen die Zeit vergessen. Und seinen Hunger auch. Aber jetzt knurrte sein Magen.

Von unten kam immer noch kein Geräusch. Nur der Wind fauchte um die Hausecken.

Da, da war wieder dieses Klackern.

Albert grunzte und rollte sich wieder ein.

Lewe fuhr ihm langsam mit der Hand über das weiche schwarze Fell. Klar, ein mittelgroßer Mischling konnte keinen Einbrecher zerfleischen, aber sein Vater hatte gesagt, dass Albert auf jeden Fall auf ihn aufpassen würde. Nur war der Hund schon wieder eingeschlafen.

Tack, tack.

Und dann wieder diese Ruhe.

Lewe konnte sich noch gut daran erinnern, dass er deswegen früher manchmal nachts aufgewacht war, wenn sie bei Oma übernachtet hatten.

Wegen dieser Stille.

Kilometerweit um das Haus herum lagen nur Wiesen und Felder. Nach vorne hinaus gab es eine schmale Betonstraße, die nach Rodenäs führte und in der anderen Richtung nach Dänemark. Die nächsten Häuser waren ganz schön weit weg. Mit dem Fahrrad war man immer eine Weile unterwegs, wenn man irgendwohin wollte. Alleine durfte er sowieso nur zu seinem Freund fahren, der auf dem nächsten Bauernhof wohnte.

Hinter dem Haus, ein wenig entfernt hinter den Wattwiesen, lag der Deich, der das Haus bei Sturmfluten vor der Nordsee schützen sollte. Oma hatte ihm von einer Sturmflut erzählt, aber er konnte sich nicht vorstellen, wie das funktionieren sollte. Wie sollte denn so viel Wasser aus der Nordsee kommen, dass das ganze Haus im Meer stand?

Manchmal brüllten früh am Morgen die Kühe, die Bauer Vedder auf dem Feld neben der Garage grasen ließ, und ab und an stürzte sich eine Möwe laut kreischend über der Terrasse vom Himmel herab, aber jetzt, um die Mittagszeit im Februar, war es dunkel und nahezu geräuschlos.

Lewe schubste Albert. Schob ihn langsam Richtung Bettende.

Wie erwartet, wachte der Hund wieder auf. Leckte seine Hand.

Tack, tack.

Albert leckte weiter.

»Komm, Albert.« Lewe nahm das Handy und steckte es in seine Hosentasche.

Tack, tack.

Er nahm Albert auf den Arm, was nicht ganz einfach war, der Hund war nicht riesig, aber doch so groß, dass Lewe beide Arme brauchte, um ihn gut zu packen. Er roch den vertrauten Hundegeruch und spürte das Herz seines

Kumpels unter seinen Händen klopfen. Lewe musste lachen, als Albert ihm noch einmal mit der Zunge über das Gesicht fuhr.

Langsam stieg er die Treppe hinunter.

Tack, tack.

ACHT

Natürlich. Eine winzige Schneeflocke in London und der Verkehr lag komplett am Boden. Nicht zum ersten Mal erlebte Bendix, dass die De-icing-Maschinen nicht funktionierten. Vermutlich war das nicht das einzige Problem. Auf jeden Fall konnte er auf dem Flugfeld nicht eine Maschine sehen, die zum Abflug vorbereitet wurde. Die Männer in den grellen Warnwesten standen in Grüppchen beieinander, die Hände in den Taschen oder in dicken Handschuhen. Zigarrettenglut. Atemrauchwolken.

Nichts, aber auch gar nichts deutete darauf hin, dass in nächster Zeit eine Maschine abheben würde.

Auf dem Bildschirm stand hinter seinem Flug nach Hamburg noch immer der blinkende Hinweis »verspätet«.

Bendix stand auf, nahm seine Tasche und marschierte zwischen den Sitzgelegenheiten auf und ab.

Wieso blieben die alle so ruhig? Stopften sich mit Chips und Häppchen voll, tranken ein Glas Wein nach dem anderen und warteten einfach.

Stumpf.

Ignorant.

Sein Hemd war inzwischen durchgeschwitzt.

Er hatte sich bei den Krankenhäusern in Niebüll und Husum vergewissert, dass seine Frau und seine Mutter nicht eingeliefert worden waren. Sogar durch ein Gespräch mit einer Krankenschwester in Tondern hatte er sich gestottert, auf Englisch, Deutsch und mit seinen wenigen dänischen Vokabeln.

Verdammt, konnte Insa sich nicht einfach kurz melden? Zumindest eine SMS schreiben?

Ihm war heiß.

Wäre alles wie geplant gelaufen, dann wäre er jetzt längst in Niebüll. Insa holte ihn immer ab. Wenn er schon mal nach Nordfriesland kam, um seine Mutter zu besuchen.

Schweiß auf Schweiß auf Schweiß.

Erst Wutschweiß, weil Craig, dieser Penner, die Sitzung in San Francisco unnötig in die Länge gezogen hatte. Schließlich war er, Bendix, der Fachmann. Seine Firma hatte das neue IT-System entwickelt und in Craigs Laden installiert, also wusste er ja wohl am besten, wie man mit möglichen Fehlern umzugehen hatte.

Daraufhin Hetzeschweiß, um den Flug nach Heathrow noch zu erreichen. Hatte ihm gar nichts genutzt. Jetzt saß er hier fest. Es musste doch verdammt noch mal eine Möglichkeit geben, diesen Flughafen endlich Richtung Nordfriesland zu verlassen.

Dann Angstschweiß. Was, wenn Insa und seiner Mutter doch etwas zugestoßen war? Was, wenn Lewe irgendeinen Blödsinn anstellte, so ganz allein im Haus? Man musste sich ja nur ausmalen, was alles passieren konnte, wenn er sich vielleicht etwas zu essen kochte. Er musste Lewe unbedingt sagen, dass er auf keinen Fall den Kaminofen anfeuern durfte. Aber was, wenn die Heizung ausfiel? Hatte sein Sohn nicht etwas von Schnee gesagt?

Und schließlich Panikschweiß. Bendix fragte sich, ob er nicht doch die Polizei anrufen musste. Wie hieß noch dieser neue Dorfpolizist? Er war sich sicher, dass seine Mutter von dem Typen gesprochen hatte, der Haus und Amt des alten Dorfbullen Sörensen übernommen hatte. Irgendein ehemals ambitionierter Polizist, der von Hamburg nach Rodenäs versetzt worden war.

Dieser Tag war bisher eine einzige Katastrophe gewesen und es sah nicht nach einem glücklichen Ende aus. Er hasste Zeitverschwendung.

Bendix suchte nach einem Sitzplatz am Fenster, fand aber keinen. Die Lounge hatte sich zusehends gefüllt. Er wollte seinen Laptop aus der Tasche nehmen, als ihm einfiel, dass der Akku leer war.

Freie Steckdosen? Nicht in seiner Nähe. Er suchte trotzdem nach dem Ladegerät. Fand es nicht und erinnerte sich, dass er es in den Koffer gepackt hatte. Als er in Amerika noch davon ausgegangen war, dass jetzt sein Urlaub losgehen würde. Und der Koffer wartete in den Tiefen der Gepäckaufbewahrung darauf, dass der Flug endlich fortgesetzt wurde. Blieb ihm also nur das Handy.

Irgendein Wartender in einem schlecht geschnittenen dunkelgrauen Anzug drehte den Fernseher direkt neben ihm lauter. Bilder von Schneetreiben in der Dunkelheit. Darunter das Insert: *Warning! Violent storm around London.*

Noch mehr Schweiß.

Er musste sich setzen.

Ein paar Meter weiter vorn stand ein Junge auf. Der Platz vor den Spielekonsolen war zwar nicht ideal, aber immerhin jetzt frei. Bendix drängelte sich an einem anderen Jungen vorbei, ignorierte dessen enttäuschte Miene und ließ sich auf den beigefarbenen Sessel fallen.

Er wählte wieder Insas Nummer. Mailbox.

Startete auf seinem Smartphone eine Internetsuche: Polizeistation Rodenäs. Fand einen Eintrag: »Wir haben Ihnen nachfolgend eine Übersicht mit zentralen Notrufnummern für Rodenäs zusammengestellt. Diese können Sie nutzen, um professionelle Hilfe für Ihre jeweilige Situation zu erhalten.«

Jeweilige Situation. Was war denn eigentlich seine »jeweilige Situation«?

Bendix zog einen Kugelschreiber aus der Tasche, legte sich seinen Mantel um die Schultern, schrieb eine Nummer ab. Tippte die Zahlen ein, fing noch einmal neu an, weil er die deutsche Vorwahl vergessen hatte. Musste noch mal ansetzen, als er ein »kein Anschluss unter dieser Nummer« hörte. Beim dritten Versuch bekam er ein Freizeichen.

Endlos.

Immer noch Freizeichen.

Insas Handy anrufen. Mailbox.

Wahlwiederholung, Freizeichen.

»Behrend?«

Genau, so hieß der neue Polizist. Bendix erinnerte sich daran, dass seine Mutter vermutet hatte, dass der Mann mit einer ehemaligen Nachbarin gleichen Namens verwandt sei.

»Frau Behrend, kann ich bitte Ihren Mann sprechen? Es ist dringend!«

Neben ihm auf dem Fußboden schrie ein Säugling. Für einen Moment klang es, als würde er nicht gefüttert, sondern abgeschlachtet.

Er gab seinen Sitzplatz wieder auf, auch wenn das wie ein Wagnis schien bei all den Menschen, die sich nach und nach auf Sesseln und Stühlen ausbreiteten. Er blieb zur Sicherheit in der Nähe stehen.

»Das ist jetzt eher schlecht. Mein Mann hat heute eigentlich frei.«

Nerven wie Drahtseile – gab es dafür eigentlich auch einen Internetshop?

»Frau Behrend, ich bitte Sie, holen Sie Ihren Mann ans Telefon, es ist wirklich dringend. Meine Frau ist verschwunden und …«

»Ja, ja. Ist ja schon gut. Moment mal.« Ein Tonfall irgendwo zwischen genervt und mitleidig.

Klackernde Schritte auf einem harten Fußboden, dann Getuschel. »… verabredet, vergiss das nicht wieder!«, hörte er.

Zicke.

»Behrend, Moin.«

»Tag, Herr Behrend. Mein Name ist Bendix Steensen, ich bin der Sohn von Grete aus der Dorfstraße.«

»Jo, die kenn ich. Was kann ich denn Schönes für Sie tun?«

»Meine Frau und meine Mutter sind verschwunden, ich möchte eine Vermisstenanzeige aufgeben.«

»Na, na, erst mal langsam.«

»Was heißt hier ›erst mal langsam‹.«

Das Baby nebenan fing wieder an zu brüllen. Bendix versuchte, leiser zu sprechen. »Mein neunjähriger Sohn ist allein im Haus meiner Mutter, ich sitze in London auf dem Flughafen fest und meine Frau ist nicht erreichbar.«

Der letzte Satz hämmerte in ihm nach. Wie der Titel für einen schlechten Fernsehfilm: »Nicht erreichbar – Das Drama am Dienstag«.

»So. Nun mal ganz in Ruhe und der Reihe nach, wir kriegen das schon hin zusammen.« Klackern. »Moment noch.« Gedämpfte Geräusche. Ein leises »Bring mir mal einen Stift«.

Schnee vor dem Fenster, hell angestrahlt durch die parkenden Follow-me-Fahrzeuge. Bendix schaute sich um. Sein Blick fiel auf die Anzeigetafel. Immer mehr Flugverbindungen, hinter denen ein rotes »cancelled« aufleuchtete.

»So. Jetzt kann es losgehen. Nun noch mal ganz von vorne, lieber Herr Steensen. Name?«

»Bendix Steensen.«

»Ja, den Ihrer Frau meine ich. Also den Vornamen.«

»Insa.«

»So, und Grete Steensen, die kenne ich ja.«

Vermutlich schrieb der Mann am anderen Ende alles mit der Hand auf, es klang, als diktierte er sich selbst einen schwierigen Text.

»So. Hab ich. Und seit wann vermissen Sie die beiden? Also, wann haben Sie mit Ihrer Frau zuletzt gesprochen?«

»Gestern.«

»Wann denn ganz genau? Ich bräuchte schon eine Uhrzeit. Also nicht auf die Sekunde, aber so ungefähr wäre schon ganz schön.«

Oh Gott, sein Hirn war wie ein Topf Brei.

Meeting.

Langstreckenflug.

Zeitverschiebung.

»Ich weiß nicht mehr. Ich war in Kalifornien, also, es war dort früher Nachmittag, aber hier schon spätabends, vor meinem Abflug, also vor etwa fünfzehn, sechzehn Stunden.«

»So wird das nichts mit uns. Tut mir ja auch leid, aber das ist eben so, dass wir uns da an ein paar Regeln halten müssen. Polizei ist eben auch Behörde. Ich kann verstehen, dass das in Ihrer momentanen Situation vielleicht nicht so ganz sinnig erscheint, aber ich muss hier in mein Formular 'ne deutsche Uhrzeit eintragen …«

»Zehn Uhr! Es wird etwa zweiundzwanzig Uhr mitteleuropäischer Zeit gewesen sein.«

»Gut, also, was ist heute? Ach ja, Mittwoch, also Dienstagabend um zweiundzwanzig Uhr.«

Bendix spürte einen Würgereiz. In seinem Magen ging es drunter und drüber. Er lief neben dem Sessel auf und ab.

»Wie die beiden aussehen, weiß ich ja. Meine Frau arbeitet im Dorfladen, die kennt Grete nun auch schon seit Jahren. Wissen Sie, ich hab Ihre Mutter vorgestern, war das vorgestern? Ne, da war Sonntag, das muss also schon Sonnabend oder sogar Freitag …? Na, egal, da hab ich sie vor der Post getroffen und wir hatten einen kleinen Schnack. Also, die Daten, die mir noch fehlen, hole ich mir dann aus dem Melderegister, das wird sonst auch so teuer für Sie mit dem Telefonieren, wenn Sie noch im Ausland sind. Sie wissen nicht zufällig, was die beiden anhatten?«

»Was die beiden …? Ich habe Ihnen doch gerade gesagt, dass ich meine Frau gestern Abend das letzte Mal gesprochen habe! Meinen Sie, wir tauschen uns dann darüber aus, welches T-Shirt wir am nächsten Tag anziehen?«

»Herr Steensen, nun beruhigen Sie sich mal wieder. Wir kommen auch nicht weiter, wenn Sie mich anschreien. Ich mache hier nur meinen Job.«

Bendix ließ die Hand mit dem Telefon sinken, schloss für eine Sekunde die Augen und atmete tief ein und aus. Öffnete die Augen wieder und konzentrierte sich weiter auf einen ruhigen Atem. Dem älteren Herrn, der sich auf seinem Sitz niederlassen wollte, bedeutete er mit einer heftigen Geste, dass er nicht willens war, den Platz abzugeben. Er hob das Telefon ans Ohr und setzte sich wieder.

»Hallo? Hallo, Herr Steensen, sind Sie noch da?«

»Herr Behrend, ich bin schon ein paar Stunden auf den Beinen, Entschuldigung.«

»Macht ja nichts.« Väterlicher Unterton. »Alles kein Problem. Also, wie ich schon sagte, ich lass mir da was einfallen.«

Vielleicht war er wirklich auf dem besten Wege, verrückt zu werden. Ein Telefonat mit der Polizei. Vermisstenanzeige. Das konnte doch alles gar nicht wahr sein. Er musste nach Hause, jetzt sofort, sein Sohn brauchte ihn, er musste Insa und seine Mutter suchen, er musste …

Der Polizist wurde lauter. »Herr Steensen, Sie müssen mir schon antworten, sonst kann ich keine Fahndung nach den Vermissten auslösen.«

Fahndung, Vermisste – Wörter wie aus einem Sonntagabendkrimi.

»Also noch mal: Wer fällt Ihnen ein, wen könnte ich noch fragen nach Ihrer Familie? Mit wem könnten die beiden sich getroffen haben? Hier liegt ja alles nah beieinander, da kann ich doch eben mal bei 'ner Freundin von Grete rumfahren, wenn Sie meinen, dass die da ist.«

Der Dorfpolizist konnte auch streng werden. Das machte ihm Hoffnung. Das Väterliche in seiner Stimme war dennoch nicht ganz verschwunden.

Bendix überlegte. Nachbarn? Freunde? »Möglicherweise weiß Hauke etwas. Der vom Laden in Rodenäs. Mein Sohn hat gesagt, dass die beiden da einkaufen wollten.«

»Da kümmer' ich mich drum. Und wieso sind Sie eigentlich nicht hier bei Ihrer Familie? Gab's 'n büschen Ärger?«

Lachte dieser Dorfdepp da etwa?

»Nein, da gab es keinen Ärger. Ich bin auf dem Weg nach Nordfriesland. Meine Frau und mein Sohn sind schon vorgefahren. Und ich wüsste auch, ehrlich gesagt, nicht, was Sie das angeht, wie und wann wir zusammen Urlaub machen und wann nicht.«

»Kein Grund, gleich grantig zu werden. Bisschen Spaß wird ja wohl noch erlaubt sein.« Der Dorfpolizist klang eingeschnappt und wurde wieder förmlich. »Ich werde jetzt eine Fahndung nach Grete und nach Ihrer Frau auslösen, aber machen Sie sich mal keine Sorgen. Vielleicht haben die Frauen einfach vergessen zu erzählen, was sie vorhaben. Passiert meiner Karin auch manchmal, und dann sitze ich hier und warte auf Abendbrot und nix is …«

»Und was ist mit meinem Sohn? Mit Lewe? Fahren Sie zu unserem Haus und kümmern sich um ihn?«

»Aber natürlich.«

»Ich meinte, fahren Sie jetzt gleich zu ihm?«

»Selbstverständlich.«

»Und dann melden Sie sich bei mir?«

»Fest versprochen, Herr Steensen. Und Sie sehen erst mal zu, dass Sie flott herkommen. Ist bei Ihnen auch so ein Schietwetter?«

»Ich warte auf Ihren Anruf.«

Bruno Behrend, erst ein paar Monate im Amt als einziger Polizist der Gemeinde Rodenäs, hatte schon einiges erlebt, auch in seiner Zeit in Hamburg. Aber dass jemand einfach so ein Telefongespräch beendete, ohne Verabschiedung, ohne gute Wünsche oder ein Dankeschön, das war neu.

Seltsamer Vogel.

Um den Jungen würde er sich kümmern müssen, auch wenn er heute eigentlich einen freien Tag hatte.

Die Niebüller Kollegen konnte er wegen so etwas nicht anrufen. Dann hieß es nachher wieder: »Der feine Herr Polizist aus der großen Stadt macht Dienst nach Plan, schreibt Überstunden auf und besteht auf seinen freien Tagen.«

War ohnehin nicht einfach gewesen, so etwas wie Anerkennung von den Kollegen zu bekommen, obwohl er nur ein paar Jahre aus Nordfriesland weg gewesen war. Für die, die hiergeblieben waren, war er jetzt der Typ aus der Stadt, der sich »als etwas Besseres vorkam«. Er hatte selbst gehört, wie ein Kollege das zu einem anderen gesagt hatte, als er bei seinem Antrittsbesuch in Niebüll war.

Zum Glück war Karin aus dem Dorf, sonst hätte er die ersten Monate wahrscheinlich gar nicht überstanden. Ständig dieses Gequatsche hinter seinem Rücken.

Nach der ersten Kneipenschlägerei, zu der er gerufen wurde, war dann etwas Ruhe eingekehrt. Er hatte sich zwar ein blaues Auge und eine fette Prellung am Oberschenkel geholt, aber auch die Achtung der Kollegen errungen. So eine Geschichte sprach sich hier genauso schnell herum wie Bettgeschichten unter Nachbarn.

Bruno tippte die Vermisstenmeldung ins System und hörte seinen Magen knurren. Jetzt war es erst mal Zeit fürs Mittagessen. Es roch schon ganz wunderbar nach Karins Erbsensuppe. Zu dem Jungen würde er gleich danach fahren. Statt Mittagsstunde. Ein Neunjähriger war ja kein Baby mehr. Wahrscheinlich feierte der im Haus seiner Oma Highlife in Tüten.

Karin würde ausrasten, wenn er noch mal losfuhr. Noch dazu bei diesem Wetter.

NEUN

Bendix' Handy zeigte nur noch zwei Ladebalken an, er brauchte dringend eine Steckdose.

Der Schnee fiel jetzt in dichten Flocken vor dem Fenster, es sah aus, als hätte jemand einen halb durchsichtigen Vorhang vor die Scheiben gezogen. Die Maschinen draußen auf dem Flugfeld standen nach wie vor still. Ab und zu drehte ein Räumfahrzeug seine Runden, und wenn er nicht unbedingt nach Hause gewollt hätte, dann wäre der Blick nach draußen in das schimmernde Weiß vielleicht sogar entspannend gewesen.

Immer mehr Menschen in der Lounge, immer weniger startende Flugzeuge. Ein kurzer Blick auf die Uhr. Fast schon Abendessenzeit in Nordfriesland.

Er hatte sich um diese Zeit eigentlich schon auf einem Spaziergang am Deich gesehen, Nordseeluft, danach heiße Schokolade mit Rum und Krabbenbrötchen. Mittagessen mit der ganzen Familie. Wahrscheinlich hätte seine Mutter sein Lieblingsessen gekocht: Rouladen mit Rotkohl und Kartoffeln und ganz viel brauner Sauce.

An seine Mutter durfte er gar nicht denken. Hoffentlich hatte sie wenigstens ihre Medizin eingepackt. Insa würde sicher auf Grete achten. Er konnte von hier aus ohnehin kaum etwas tun. Nur vielleicht herausfinden, wo die beiden Frauen abgeblieben waren und warum sie sich nicht bei Lewe meldeten.

Bendix hatte sich eine Liste gemacht. All die Menschen, die er anrufen und um Hilfe bitten konnte, standen darauf.

Jetlag.

Hirn wie Watte.

Kaffeeautomat, noch ein Espresso.

Nervös statt wach.

Aufstehen, Informationen besorgen.

Er suchte in seinem Adressbuch die Nummer von Insas Schulfreundin Kirsten.

Besetzt.

Vielleicht konnte er in der Zwischenzeit wenigstens erfahren, wann es hier endlich weiterging.

Bendix reihte sich in die Schlange der Wartenden vor dem Counter ein, um vom Bodenpersonal zu erfahren, wann sein Anschlussflug nach Hamburg starten würde.

Bei Kirsten sprang der Anrufbeantworter an.

Dann also später.

Es standen noch mehr Leute auf der Liste.

Beste Freunde: Sönke war in San Francisco geblieben, Gerhard war kinderlos und wie immer im Februar für sechs Wochen auf Jamaika, hatte via E-Mail ein Foto vom Strand geschickt. Da wäre er jetzt auch gerne. Am liebsten mit Insa zusammen.

Bei Volker konnte er es versuchen.

»Hey, Bendix, bist du schon zurück von deinen wichtigen Geschäften? Die nächste Mille im Sack?«

»Hallo, Volker, ich bin noch in Heathrow. Ich muss dich um Hilfe bitten.«

»Immer. Was ist denn los?«

»Mein Sohn hat mich aus Nordfriesland angerufen, Insa und meine Mutter sind verschwunden.«

»Wie, verschwunden?« Volker hielt die Hand über den Hörer und redete mit jemandem. »'tschuldige, da bin ich wieder. Also, noch mal ganz genau, wieso verschwunden?«

Bendix holte tief Luft. »Lewe hat mich angerufen: Insa müsste schon lange wieder zu Hause sein. Das lässt sich ja ganz einfach ausrechnen, wie lange es dauert, wenn man vom Deich nach Niebüll fährt zum Einkaufen und wieder zurück. Also, selbst wenn das Wetter nicht so großartig ist …«

»Bendix, nun komm erst mal zu dir.«

»Und ich sitze hier auch fest und es schneit in London. Du weißt ja, wie verrückt die Briten sind, wenn das Wetter mal was anderes macht als Regen, dann …«

»Bendix! Hallo? Kann es sein, dass du vielleicht mal was essen musst?«

»Was hat das denn jetzt damit zu tun?«

Die Dame im knapp geschnittenen Kostüm vor ihm in der Schlange vor dem Counter hatte eine riesige Laufmasche am rechten Bein. Sie drehte sich zu ihm um und sah ihn tadelnd an.

Wieder Tuscheln am anderen Ende.

Sein Freund hatte den Ernst der Lage nicht begriffen. »Sag mal, Volker, verstehst du eigentlich, was ich für ein Problem habe? Mein Sohn ist neun Jahre alt und ganz allein, ich habe von hier aus schon alles abtelefoniert, Krankenhäuser, Polizei, Freunde und Nachbarn. Und meine Frau und meine Mutter sind spurlos verschwunden. Einfach weg. Niemand weiß, wo die beiden sein können.«

Die Laufmasche starrte nun mit offenem Mund.

»Was glotzen Sie denn so? Das geht Sie gar nichts an! Kümmern Sie sich um Ihren eigenen Kram!«

»Sag mal, Bendix, was ist denn da los bei dir? Mensch, reiß dich zusammen. Natürlich helfe ich dir, aber was denkst du denn, was ich für dich tun kann?«

Schock im Gesicht vor ihm, aber die Frau drehte sich wieder um. Ein Typ im Cordanzug in der Warteschlange neben ihm schüttelte den Kopf.

»Du musst zu Lewe fahren.«

»Ich muss was?«

»Mein Sohn ist noch zu klein, um da ganz alleine …«

»Bendix! Lewe ist ein kluger Junge, der zündet schon nicht das Haus an, wenn er mal zwei Stunden ohne Aufsicht ist.«

»Was weißt du denn schon über meinen Sohn? Und es sind nicht nur zwei Stunden. Hast du mir zugehört? Verstehst du mich denn nicht?«

Eine der Servicekräfte am Counter sah zu ihm und machte ein international verständliches Zeichen mit ausgestrecktem Zeigefinger über den Lippen.

Bendix bemühte sich, die Stimme zu senken. »Entschuldige bitte. Für mich ist die Situation gerade etwas anstrengend. Natürlich ist Lewe vernünftig, aber er ist alleine. Er hat schon mehrfach angerufen und erklärt, dass er sich nicht wohlfühlt, wenn niemand bei ihm ist. Ich werde, wie es hier momentan den Anschein hat, nicht so schnell bei ihm sein und aus Hamburg bist du doch in …«

»Äh, entschuldige, Digga, das tut mir aufrichtig leid, aber ich bin gerade gar nicht in Hamburg. Das ist echt ein riesiges Missverständnis. Ich dachte, ich hätte dir gesagt, dass ich …«

Ganz deutlich konnte Bendix jetzt eine Frau auf der anderen Seite der Leitung kichern hören.

»Ich, äh, also ich bin auf Ibiza mit Isabell.«

»Welche Isabell?«

Auf dem kleinen Monitor neben dem bunten Gemälde an der Seitenwand war immer noch keine Zeit für das Boarding nach Hamburg angegeben.

»Wir reden einfach, wenn ich wieder da bin, okay? Lass uns doch nächste Woche mal squashen gehen. Oder auf ein Bier. Und wegen deiner Frau und deinem Sohn mach dir mal nicht so viele Gedanken. Das ist ja Nordfriesland und nicht Frankfurt Hauptbahnhof. In dieser Einöde ist doch kein Mensch unterwegs. Was soll denn da schon passiert sein? Mach's gut, Alter, und nichts für ungut.«

Noch mal Kichern aus dem Hintergrund. Bendix konnte diese Isabell schon jetzt nicht leiden.

Eine Angestellte in blauer Uniform brachte neue Chipstüten und füllte die Schalen neben den gekühlten Weinflaschen auf. Ein Mann mit Kochmütze stellte einen großen Topf mit dampfendem Inhalt auf eine Wärmeplatte.

»Sehr geehrte Damen und Herren, wir müssen Ihnen leider mitteilen, dass soeben der gesamte Flugverkehr auf unbestimmte Zeit unterbrochen wurde. Wir können Ihnen leider keine Auskunft darüber geben, wann die Wettersituation sich so weit entspannt hat, dass wir die Flüge wiederaufnehmen können. Wenden Sie sich bitte an eine unsere Mitarbeiterinnen, wenn Sie weitere Fragen haben.«

Bendix hoffte noch, sich verhört zu haben, als die Ansage auf Deutsch wiederholt wurde.

Im Fernsehen wurden die Bilder von Schnee und Eis von einer Laufschrift ergänzt, in der es hieß: »Wir gehen davon aus, dass die Schneefront bald vorbeigezogen ist. Spätestens morgen Nachmittag sollte in und um London wieder alles seinen gewohnten Gang gehen.«

Die Laufmaschenfrau warf Bendix einen nervösen Blick

zu, als er seine Tasche nahm und hastig an den Wartenden vorbei nach vorne an den Counter drängelte.

»Habe ich das richtig verstanden? Es geht überhaupt kein Flug mehr heute?«

»Moment mal, wir warten auch, Sie können sich doch nicht einfach vordrängeln.«

Natürlich, der Öko im Cordanzug musste sich wichtigmachen. Bendix trat einen Schritt auf ihn zu und packte ihn am Kragen seiner ausgeleierten Jacke. »Ich habe hier ein echtes Problem, Freundchen. Ich glaube nicht, dass Sie eine Vorstellung davon haben, wie wichtig es für mich ist, dass ich so schnell wie möglich nach Hause komme!«

Ein Typ vom Counter bahnte sich seinen Weg durch die Wartenden. »Entschuldigung, hallo? Sie da, das geht so nicht! Entschuldigung!«

Der Cordanzug schnaufte. Er hatte eine viel zu hohe Stimme für einen Mann. »Lassen Sie mich sofort los. Sofort!«

»Wir können die Dringlichkeit meiner Frage gerne auch draußen vor der Tür besprechen. Aber ich kann Ihnen auch gleich erklären, warum ich so schnell wie möglich nach Hause muss. Liegt ganz bei Ihnen …«

Jemand packte Bendix von hinten an der Schulter und zog ihn von dem Cordanzug weg. Sein Arm wurde schmerzhaft auf den Rücken gedreht. Aus den Augenwinkeln sah er einen gut gebauten Mann in dunkelblauem Anzug, auf dem Ärmel prangte das rote Logo eines Sicherheitsdienstes.

»Moment mal, was soll denn das?« Bendix versuchte, sich aus der Umklammerung zu lösen.

»Schön ruhig bleiben.« Der Typ vom Counter machte dem Sicherheitsmann ein Zeichen und Bendix wurde in

Richtung des Tresens geschoben. Jetzt war der Cordanzug auf einmal ganz still und die Laufmasche stand blöde grinsend, mit verschränkten Armen da und sah sich seinen Abtransport an.

HENRIKE

Sie hatten in dem kleinen Bistro in Niebüll gesessen bei ihrer ersten Verabredung. Auf den Tischen rot-weiß gewürfelte Tischdenken, Kerzen auf Flaschenhälsen, die mit Wachs bekleckert waren. An diesem Abend hatten sie La Flute gegessen und viel zu viel Wein aus eimergroßen Gläsern getrunken.

Es war so einfach mit ihm.

Sogar noch wundervoller, als sie erwartet hatte.

Er war aufmerksam, lustig und zuvorkommend. Sorgte dafür, dass ihr Glas immer gefüllt war, dass das schnell kalt gewordene Essen nochmals aufgewärmt wurde, kümmerte sich um sie.

Wenn sie nicht schon seit Monaten in ihn verliebt gewesen wäre, dann hätte er an diesem ersten Abend auf jeden Fall ihr Herz gewonnen.

Seine strohblonden Haare waren so kurz geschnitten, dass sie hochstanden: Er hatte sie gekonnt zu einem Look gegelt, der aussah, wie vom Wind zurechtgeweht.

Seine blauen Augen waren immer ganz bei ihr. Er ließ sich nicht ablenken. Weder als eine gackernde Truppe sehr attraktiver Blondinen ins Bistro trippelte, noch als ein Handballkumpel an den Tisch kam und ihn zu überreden versuchte, den anderen an der Bar Gesellschaft zu leisten.

Er wollte bei ihr sein.

Nur mit ihr zusammen sein.

Später dann, Hand in Hand am Deich in Dagebüll.

Er hätte nicht mehr Autofahren sollen, aber sie wollte so gerne ans Meer.

Ein milder Abend, aber eiskalter Wind wehte, der einen salzigen Geschmack auf den Lippen hinterließ.

Seinen Pullover hatte er ihr über die Schultern gelegt. Dann schob er sie gegen eine der Badehütten.

Er küsste sie.

Erst sehr zart, dann immer fordernder.

Sie schob ihn von sich.

Vorsichtig.

Zögerlich.

Sie registrierte seinen fragenden Blick und wusste, dass sie ihm einen Grund nennen musste.

»Nicht heute. Nicht hier. Wir haben noch so viel Zeit. Es soll doch schön sein. Besonders eben. Etwas Einzigartiges, nur für uns.«

Sein Nicken war verständnisvoll und warm.

Sein Lächeln war zärtlich.

Seine Hand warm auf ihrer kühlen Wange. Sein Daumen strich über ihre Lippen. Sie hatte Mühe gehabt, ein Stöhnen zu unterdrücken.

»Wo bist du nur gewesen?«

Sie wusste, es würde wunderbar werden.

Aber sie musste die Zeit bestimmen.

Sie musste entscheiden, wann es so weit war.

ZEHN

Bruno Behrend war aber so was von genervt. Er hasste es, seine geplanten Abläufe zu verändern. Weil dieser Irre ihm einfach keine Ruhe lassen konnte, musste jetzt sein Mittagsschläfchen ausfallen.

Frau und Mutter vom Kaffeetrinken nicht zurückgekommen.

Ein Neunjähriger allein zu Hause.

Meine Güte, als gäbe es keine wirklichen Probleme.

»Was denkt der denn? Wir waren früher den ganzen Tag allein zu Hause, Vati den lieben langen Tag aufm Feld und Mama hat auch immer was zu tun gehabt bei den Landfrauen. Das hat uns auch nicht geschadet.« Karin war richtig sauer. »Dieser Typ ist fast nie mit, wenn seine Frau hier ist. Hat's immer wichtig, wichtig mit seinem Job. Die kommt fast jedes Mal allein mit dem Jungen, dabei ist das *seine* Mutter. Hat Hauke mir erzählt. Das hat ja meistens einen Grund, oder? Vielleicht haben die Stress miteinander. Weiß man das?«

»Was denn für einen Stress?« Bruno trank den letzten Schluck Kaffee aus und trug seine Tasse zur Spüle, an der seine Frau den Topf traktierte, in dem sie die Erbsensuppe gekocht hatte.

»Na, vielleicht will die Frau sich trennen?«

Als Bruno ungläubig die Stirn runzelte, hatte Karin noch andere Erklärungen. »Da muss man doch nicht gleich das

Schlimmste annehmen, wenn die Frauen mal nicht sofort reagieren, wenn der wichtige Herr Geschäftsmann anruft. Frau Steensen ist vielleicht eingeschlafen und hört das Telefon ganz einfach nicht. Die ist ja schließlich auch nicht mehr zwanzig. Wenn er sich wirklich so sehr sorgen würde um seine alte Mutter, dann wäre er ja wohl öfter mal bei ihr zu Besuch.«

»Und wieso sollte der Enkel dann seinen Vater anrufen und ihn damit wild machen, dass seine Mutter nicht nach Hause gekommen ist?«

Karin bestrafte den Topf jetzt mit einem Geschirrhandtuch dafür, dass ihr Mann sie nicht zum Kaffeeklatsch bei ihren Eltern begleiten würde. »Denk mal an die Geschichte mit Johannas Freundin. Alle dachten, die wäre weg. Überall habt ihr gesucht, stundenlang. Und was war? Sie hatte es sich mit dem Nachbarn in der Laube gemütlich gemacht. Schönes kleines Schäferstündchen.«

Bruno nahm seiner Frau den Topf aus der Hand und stellte ihn in den Schrank zurück. »Und du glaubst also, die Schwiegertochter von Frau Steensen hat ein Verhältnis mit einem Nachbarn und liegt behaglich in der Scheune?«

Karin zuckte mit den Schultern.

»Ist 'n büschen schwierig da draußen bei Frau Steensen, da sind ja kaum Nachbarn. Und hast du nicht selbst gesagt, dass Vedder in Urlaub gefahren ist?«

»Ach, du liebe Güte, Vedder. Der ist doch viel zu doof, um seine Frau zu betrügen.« Karin grinste.

Sie musste es wissen, sie kannte alle hier.

Die wenigen Jahre in Hamburg hatten bei ihr nicht dazu geführt, dass sie sich von den Menschen hier entfremdet hatte.

Nach seiner Versetzung zurück nach Rodenäs hatte sie

den Job im Dorfladen angenommen, im »Nah & Frisch«. Wen sie bis dahin nicht gekannt hatte, den lernte sie dort kennen. Denn dort kauften alle irgendwann ein. Die Jungen und Alten, die Netten und die Durchgeknallten, die Einheimischen, die Durchreisenden und die Touristen. Manchmal nur ein Päckchen Kaugummi, manchmal Lebensmittel für die ganze Woche.

Karin lehnte sich an die Arbeitsplatte und verschränkte die Arme vor der Brust. »Überleg doch mal, die war fast immer alleine hier mit dem Jungen. Kannst du mir nicht erzählen, dass das nichts zu bedeuten hat. Und das ist ja wohl sonnenklar: Ich würde auch nicht ans Telefon gehen, wenn der Mann mich anruft, mit dem ich nichts mehr zu tun haben will.«

Bruno gab seiner Frau einen Kuss auf die Stirn. »Grüß deine Eltern von mir. Ich gehe besser mal nachsehen. Du weißt ja, wie das ist: Nachher ist der Junge unbeobachtet zu Hause bei der tief schlafenden Oma und macht irgendeinen Unsinn. Mit Feuer spielen oder den Gasherd anschalten. Und ich bin dann der Depp, weil ich mich nicht gekümmert habe.«

Karin gab so etwas wie ein Grunzen von sich.

»Wenn ich nicht fahre und mich bei dem irren Steensen nicht zurückmelde, ruft der womöglich die Dienststelle in Niebüll an und dann rennen diese Wichtigtuer wieder tagelang hier am Deich rum und wissen alles besser. Darauf hab ich auch keine Lust.«

»Bring nachher Brötchen fürs Abendbrot mit, dann ist der Weg jedenfalls nicht umsonst gewesen.«

Sie nahm einen Lappen aus der Spüle und begann, den Tisch abzuwischen.

Bruno zog seinen Mantel an. Nahm das Handy von dem

Tischchen neben der Garderobe und den Autoschlüssel von dem kleinen Bord.

Der Wind pfiff durch das Haus, als er die Tür öffnete, irgendwo fiel ein Fenster zu.

Das Dach seines Wagens war inzwischen beinahe weiß vom Schnee und er überlegte kurz, ob er vielleicht doch noch schnell die Winterreifen aufziehen sollte. Entschied sich aber nach einem prüfenden Blick zum Himmel dagegen. Weiter hinten am Horizont wurde es schon wieder heller.

Wahrscheinlich nur ein kleiner Schneeschauer.

Das Wetter hier hatte er noch nie leiden können.

Unberechenbar.

ELF

Lewe nahm sich eine Tafel Schokolade aus dem Geheimvorrat seiner Oma, der für ihn schon lange nicht mehr geheim war.

Albert sah hoffnungsvoll zu ihm auf.

»Albert, nein, das ist Menschenessen.« Lewe schüttete etwas Trockenfutter in den Napf, an dem der Hund schnupperte, um sich dann umgehend wieder für die Schokolade zu interessieren.

Tack, tack, tack.

Lewe drehte sich schnell um, in Richtung des Geräusches.

Albert hatte sich währenddessen keinen Millimeter bewegt, starrte immer noch schwanzwedelnd auf die Schokolade. Der Hund hatte die Geräuschquelle längst ausgemacht und schien nicht beunruhigt. Lewe atmete erleichtert aus. Der Fliederbusch vor dem Esszimmer wurde vom starken Wind immer wieder gegen das Fenster geweht.

Tack, tack, tack, schlugen die Zweige an die Scheibe. Deshalb blieb auch der Hund so gelassen. Lewe gab seinem Freund ein winziges Stück Kinderschokolade. Sah ja keiner von den Erwachsenen.

Es war grau und nass draußen. An manchen Stellen hatte der Schnee schon weiße Flecken gebildet.

Hagel und Schnee.

Er fröstelte, als er sah, wie der Sturm die Blätter des letzten Herbstes über den Rasen vor dem Haus wehte.

Lewe war gern bei seiner Oma, aber nicht so gern allein. Alles war hier einfach zu weit weg für seinen Geschmack. Es gab ja nicht einmal eine Tankstelle in der Nähe, bei der man im Sommer ein Eis kaufen konnte.

Er schenkte sich ein Glas Cola ein, trank einen Schluck und schenkte noch einmal nach. War ja keiner da, der das verbieten konnte.

Er wusste noch, dass sein Vater sehr mit seiner Großmutter gestritten hatte, als sie krank wurde, aber unbedingt in diesem verlassenen Haus am Deich bleiben wollte. Obwohl es hier nur Schafe und Kühe und ganz viel Land gab. Wattwiesen und die Nordsee.

»Ihr habt eben alle den gleichen Dickkopf«, hatte seine Mutter gesagt. Oma hatte nicht zu ihnen nach Hamburg gewollt und auch nicht nach Süderlügum oder Niebüll, dabei gab es da sogar eine Eisdiele und einen Spielzeugladen. Nicht so wie in Hamburg, aber immerhin richtige Nachbarn und eine Pommesbude.

»Komm, Albert.« Vielleicht gab es etwas Spannendes im Fernsehen. Solange niemand da war, der ihm sagte, was er durfte und was er bleiben lassen sollte, würde er sich einfach im Wohnzimmer ausbreiten und Filme gucken.

Sicherheitshalber ließ er im Vorbeigehen bei allen Fenstern die Außenjalousien herunter. Sein Kumpel Jan würde sagen, das sei feige, aber der war ja nicht hier.

Fast hätte er vor Schreck das Glas fallen lassen, als es in seiner Hose brummte.

Das Telefon.

Es war nur das Telefon, das in seiner Tasche gebrummt hatte. Lewe atmete erleichtert auf. Er hatte sich mächtig erschreckt.

»Hallo, Papa.«

ZWÖLF

Die einzeln nach unten tänzelnden Schneeflocken hatten sich inzwischen zu einer konstant fallenden Masse verdichtet. Was zunächst noch nach fröhlicher Winterstimmung ausgesehen hatte, verwandelte sich nach und nach in nervenaufreibende Schneeglätte.

Bruno Behrend fluchte und schaltete den Scheibenwischer auf die höchste Stufe.

Zu seinem Glück war die Straße, die zum Deich führte, menschenleer. Er musste auf niemanden Rücksicht nehmen, nicht dahinschleichen. Er starrte in dieses trübe und endlose Grau. Die Bäume links und rechts der Straße waren längst kahl und standen wie schwarze Gerippe da, die ihm den Weg wiesen. Ab und zu begleitete eine Möwe ihn ein kurzes Stück.

Die hell erleuchteten Straßen in Hamburg waren Bruno lieber gewesen. Hier sah man ja beim geringsten Nebel keinen Meter weit. Wie oft wurde er im Herbst und Winter nachts herausgerufen, weil wieder irgendein Depp sich selbst über- und die Natur unterschätzt und mit seinem Wagen ein Reh angefahren oder eine Kurve übersehen hatte. Immerhin gab es so keine Langeweile in seiner Dienststelle.

Während er langsam und vorsichtig durch das Schneetreiben fuhr, dachte er wehmütig an seinen Job in Hamburg zurück. Da hatte er immer neue Menschen kennengelernt, spannende Fälle auf den Tisch bekommen, war über Straßen gefahren, die er nicht kannte, und hatte täglich, ach was, manchmal stündlich neue Eindrücke gewonnen.

Aber damit war es ja nun vorbei. Man hatte ihn weggelobt. »Gezielte Frauenförderung« hieß das im Amtsdeutsch. Für die blöde Theissen hatte er seinen Platz frei machen müssen. »Du kommst doch von da oben«, hatte sein Vorgesetzter dümmlich grinsend festgestellt und gleich noch nachgeschoben, dass er auf seinem Posten auch nicht so richtig viel gerissen habe in den vergangenen Monaten.

Jetzt saß er hier in Nordfriesland fest in seiner Einzelstation.

Hier war alles immer gleich.

An jedem einzelnen Tag.

Der spannendste Fall bisher war im Dezember ein brennender Weihnachtsbaum gewesen, im vergangenen Monat hatte er einen entlaufenen Hund eingefangen und seinen Besitzern zurückgebracht. Und jetzt musste er sich um zwei vermisste Erwachsene kümmern und um ein Kind, das alleine war. Er war schon ein echt harter Cop.

Bruno fühlte sich unwohl. Mit Mitte vierzig durfte man doch wohl erwarten, endlich im Beruf angekommen zu sein und eine gewisse Befriedigung zu verspüren bei seiner Arbeit. Andererseits hatte seine Frau vielleicht recht, wenn sie sagte, es brauche nun einmal Zeit, sich bei den Menschen hier wieder einzuleben. Sie hatte ihm aber auch versichert, dass die Freunde, die er hier finden würde, ganz sicher den Rest seines Lebens an seiner Seite bleiben würden.

Von rechts sauste eine Katze über die Straße. Vielleicht war es auch ein Fuchs. Er konnte nicht anders, als voll in die Bremsen zu treten.

Der Wagen kam erst zum Halten, als er halb im Straßengraben lag.

»Verdammter Mist!« Fluchend schnallte Bruno sich ab und stieg aus dem Auto, um den Schaden zu begutachten.

Er zog sein Handy aus der Tasche. Drückte die Kurzwahltaste.

»Norbert? Hier ist Bruno.«

»Moin.«

Auch so typisch für die Leute hier. Bloß kein Wort zu viel.

»Norbert, ich bin mit dem Wagen in den Graben gerutscht. Kannst du vorbeikommen und mich rausziehen?«

»Hast du gesehen, was das für ein Wetter ist?«

»Ja, hab ich.«

»Und du hast wahrscheinlich immer noch die Sommerpuschen drauf, wa?«

»Norbert, erspar mir deine Belehrungen, komm her. Es ist kalt.«

»Jo.«

Vorsichtig kletterte Bruno in den Graben und öffnete den Kofferraum seines Wagens. Seine Hände waren bereits rot von der Kälte. Die Handschuhe lagen natürlich wieder zu Hause in der Schublade des Telefontischchens.

Wenn er endlich mal einen Dienstwagen bekäme, dann müsste er nicht mehr mit dieser alten Blechbüchse herumfahren.

Er schluckte kurz, als er die Leine von Asta von seiner selbst gebauten Einsatzkiste räumte. Handfessel, Seil, Taschenlampe, eine Flasche Wasser, die schon halb gefroren war, Schlagstock und Reizstoffsprühgerät. Alles da. Sogar der Waffengürtel. Nur die Automatikpistole lag sicher und warm im Tresor in seiner Einzelstation.

Bruno nahm die Decke aus dem Kofferraum und kletterte aus dem Graben. Er setzte sich auf den Fahrersitz, kuschelte sich in die Decke und ließ den Wischer seine Arbeit machen.

Ab und zu wehte eine starke Bö die frisch gefallenen Flocken vom Auto.

Verdammt, jetzt saß er hier fest!

Das würde ein verflucht langer Arbeitstag werden. Karin würde komplett durchdrehen.

Es dauerte nicht sehr lange, bis er das Knattern von Norberts Abschleppwagen hörte. Mühelos rollten die dicken Treckerreifen durch den Schnee, der sich an einigen Stellen bereits zu Verwehungen auftürmte.

»De een sien Uhl is de anner sien Nachtigall«, lachte Norbert ihn an, als er damit begann, die Abschleppleine vorne am Wagen zu befestigen.

»Ja, mach dich nur lustig.«

Norbert unterbrach seine Arbeit und grinste ihn an. »Du bist der dritte Depp, den ich heute aus dem Graben ziehen muss. Also, ich hab meinen Schnitt schon gemacht. Was willst du denn überhaupt hier draußen?«

»Dienstlich.« Was die alteingesessenen Nordfriesen konnten, das konnte er schon lange.

Norbert machte ein beleidigtes Gesicht und kletterte in seinen Wagen. Langsam zog er den Mercedes wieder auf die Straße.

Bruno fror.

DREIZEHN

»Hey, Großer, alles in Ordnung bei dir? Hat sich Mama gemeldet?«

»Nö.«

Es gab unzählige Funklöcher dort oben im Norden, und manchmal wählte sich das Handy auch ins dänische Mobilfunknetz ein. Daher war es durchaus möglich, dass Insa und Grete auf irgendeinem Hof bei einem Freund saßen und ganz einfach keine Möglichkeit hatten, das Handy zu benutzen. Natürlich hatten auch die entlegensten Häuser inzwischen Internet und Festnetztelefon, aber vielleicht hatte der Sturm in Nordfriesland genau die Leitung gekappt, die Insa jetzt gebraucht hätte.

Sicher würde sie sich Sorgen machen um Lewe, andererseits rechnete sie natürlich damit, dass er bereits zu Hause wäre und ihr Sohn nicht mehr allein.

»Hier schneit es immer noch, aber ich bin jetzt auf dem Bahnhof.«

Bendix warf einen prüfenden Blick auf die Uhr. Die verdammten Sicherheitsleute hatten ihn gefühlte Stunden festgehalten, bis sie begriffen hatten, warum er mit den Nerven am Ende war. Und dass er sonst ein sehr freundlicher und friedliebender Mensch war – an all den anderen Tagen, an denen sein Leben ganz nach Plan verlief. An Tagen, an denen er nicht Hunderte Kilometer von seiner Familie getrennt vor Sorge fast platzte.

Nur einer schwangeren Mitarbeiterin vom Bodenpersonal hatte er es schließlich zu verdanken gehabt, dass er nicht in Sicherheitsverwahrung genommen worden war. Die Frau hatte verstanden, dass man sich um einen Neunjährigen, der allein zu Hause war, große Sorgen machte. Dass man da schon mal ausrasten konnte.

Trotzdem hatten ihn zwei breitschultrige Aufpasser zwischen sich genommen und umgehend zum Ausgang verfrachtet.

»Ich hatte Glück, gerade als ich aus dem Flughafengebäude kam, fuhr ein Taxi vor.«

Die kräftigen Begleiter hatten das deutlich vernehmbare Murren der Wartenden ignoriert, ihn in den Wagen gesetzt und die Tür hinter ihm zugeschlagen.

Auf dem völlig überfüllten, riesigen Bahnhof angekommen, hatte Bendix sich eine ruhige Ecke gesucht, in der er telefonieren konnte.

Überall saßen hier Menschen, die auf ihre Anschlusszüge warteten: Geschäftsleute in Nadelstreifenanzügen mit kleinen Aktenköfferchen, Mütter mit kleinen Kindern, die bunte Taschen hinter sich herzogen, und Familien, die sich auf ihrem Gepäck so etwas wie ein Nachtlager hergerichtet hatten. Denn die Situation war auf dem Bahnhof nicht besser als am Flughafen. Einige Verbindungen waren auch hier bereits gestrichen worden.

Es roch nach nasser Kleidung und Pizza, Kaffee und frisch gebackenen Brötchen. An den Stehtischen der Bistros und vor den Fish'n'Chips-Buden standen die Menschen, im Zeitungsladen vertrödelten Wartende ihre Zeit, und vor den Toiletten hatten sich lange Schlangen gebildet. Die schlechte Laune und Müdigkeit der meisten Reisenden waren beinahe greifbar.

Und er hatte immer noch keine Steckdose gefunden.

Noch ein Ladebalken auf dem Handy.

»Mit dem Zug musst du jetzt hierherkommen?«, nörgelte Lewe, »das dauert doch dann ewig.«

»Das habe ich mir ja nicht ausgesucht.«

»Aber es ist sooo langweilig.«

»Lewe, ich wär auch lieber bei dir.«

»Aber wenn du jetzt mit dem Zug kommst, dann …«

»Ja, dann dauert es noch, bis ich da bin. Das Wetter ist hier sehr schlecht geworden. Die Flughäfen haben inzwischen alle geschlossen.«

»Aber wenn …«

»Lewe! Es reicht!« Bendix spürte, wie ihn langsam die Geduld verließ. »Ich habe dir gesagt, es dauert noch. Auf keinen Fall geht es schneller, wenn du jetzt rumnörgelst.«

»Ich wollte doch nur fragen, ob …«

»Und ich habe dir gesagt, es geht nicht schneller. Irgendwann muss auch mal gut sein. Du bist doch kein Baby mehr!« Als Bendix hörte, wie Lewe am anderen Ende um Fassung rang, schniefte und gar nichts mehr sagte, tat ihm sein Ausbruch schon wieder leid. »War der Polizist schon da?«

»Was denn für 'n Polizist?«

»Ich hab den neuen Dorfpolizisten angerufen, der sollte eigentlich schon längst bei dir sein. Lass ihn rein, wenn er klingelt, okay? Der wartet dann zusammen mit dir auf Mama und Oma.«

»Ja, alles klar, Papa.« Er klang wieder gefasster. »Aber ich kenn den doch gar nicht.«

»Den erkennst du doch an der Uniform.«

»Ach ja. Und wann kommst du?«

»Ich melde mich, sobald ich weiß, wann ich in Hamburg bin.«

»Okay.«

»Ich telefoniere hier jetzt ein wenig herum, du kannst mich also eine Weile nicht erreichen, wenn etwas ist. Okay?« Kurz überlegte er, seinem Sohn zu raten, die Notrufnummer der Polizei zu wählen. Aber wie hatte der Sicherheitsbeamte am Flughafen gesagt: Ein Neunjähriger konnte auch mal ein paar Stunden alleine sein. Da musste man nicht gleich ausrasten und das Schlimmste annehmen. Und der Polizist aus Rodenäs war sicher gleich bei ihm.

»Bringst du mir was mit?«

»Natürlich. Habe ich das schon jemals vergessen?«

»Ich hab dich lieb, Papi.«

»Ich dich auch. Tut mir leid, dass ich gerade so wütend geworden bin, ich bin einfach sehr müde. Bis später.«

»Schon okay. Bis nachher.«

In der sogenannten Nachbarschaft seiner Mutter gab es in einiger Entfernung noch ein paar Häuser, aber er kannte die Leute nicht, die dort wohnten. Namen oder Telefonnummern hatte er schon gar nicht.

Er drückte in der Liste der Favoriten die Nummer seiner Frau. Bereits nach dem ersten Klingeln sprang die Mailbox wieder an und er hörte Insas fröhliche Stimme darum bitten, eine Nachricht zu hinterlassen.

Bendix schrieb noch eine SMS mit der Bitte, sich umgehend bei ihm und bei Lewe zu melden.

Wo blieb dieser verdammte Bulle? Der hatte doch versprochen, sich gleich um Lewe zu kümmern.

Er war immer noch hundemüde. Zuerst das frühe Aufstehen, der Vortrag mit der anschließenden Diskussion, die kein Ende nehmen wollte, dann der lange Flug von San Francisco bis nach Heathrow und nun lag noch der lange Weg bis nach Nordfriesland vor ihm.

Er suchte sich die Nummer des Restaurants in Klanxbüll heraus, in das seine Mutter gern zum Kaffeetrinken ging, um von einer Stimme auf einem Band zu erfahren, dass das Lokal Winterferien machte. Auch bei den Cafés, die er kannte und nach und nach anrief, konnte sich niemand an das Frauenpaar erinnern.

Bendix' Kopf fühlte sich an wie in Watte gepackt, zu viel Koffein und zu wenig Schlaf waren ihm noch nie besonders gut bekommen.

Immerhin hatte er noch einen Platz im Eurostar bekommen. Gegen siebzehn Uhr würde er in Brüssel ankommen, dann zwei Stunden im ICE nach Köln, eine Stunde vor Mitternacht konnte er in Hamburg sein. Wenn alles glattlief. Dann vielleicht noch zwei Stunden im Auto. Je nach Wetter drei. Oder mit der Bahn weiter nach Niebüll.

Er musste dringend ein wenig schlafen.

Insa würde sich melden und die ganze Aufregung würde sich als ein einziges großes Missverständnis herausstellen.

Bestimmt.

Er hatte gute zwölf Stunden Reisezeit vor sich. Wenn jetzt nichts mehr dazwischenkam.

HENRIKE

Sie hatte sich so sehr auf diesen Moment gefreut.

Sie hatte lange abgewartet.

Und sich nicht von ihren Gefühlen überwältigen lassen. Auch wenn die Versuchung oft groß gewesen war.

Sie wollte unbedingt die Kontrolle behalten.

Manchmal war sie nahe dran gewesen, ihren Widerstand aufzugeben, aber nur nahe dran.

Seit mehr als vier Wochen trafen sie sich nun beinahe jeden Tag, sobald sie ihren Dienst in der Zahnarztpraxis beendet hatte.

Er arbeitete nur stundenweise, wollte studieren und wartete auf seinen Studienplatz. Wahrscheinlich zu Beginn des nächsten Semesters, nach dem Sommer würde er weggehen aus Nordfriesland.

Bis dahin war noch viel Zeit.

Vielleicht würde er am Ende doch bleiben.

Bei ihr.

Sie waren im Kino gewesen, Hand in Hand am Deich spazieren gegangen, durch die Läden in Flensburg gebummelt, hatten in Tondern Softeis und Hotdog gegessen und sogar zusammen gekocht in ihrer kleinen Wohnung.

Sie hatte seine Mutter getroffen. Eine typische Friesin, wortkarg, zurückhaltend, nicht unfreundlich, aber distanziert. Sympathie fühlte sich anders an.

Sein Vater war krank. Das hieß für sie, nicht noch ein prüfender Blick und nicht noch mehr Fragen über die eigene Familie, die sie längst nicht mehr hatte. Über die sie auch nicht reden wollte. Schon gar nicht mit Fremden.

Er hingegen fragte nicht, wenn er spürte, dass sie manche Themen lieber auslassen wollte. Dafür war auch später noch Zeit. Irgendwann. Vielleicht.

Die Zeit mit ihm allein war wunderbar.

Herzklopfen davor und dann ganz Glück. Sie hatte sich wirklich total verliebt.

Er gab sich keine Mühe, seine Gefühle zu verstecken, sagte ihr, dass er sie liebte, und zeigte es ihr mit kleinen Gesten und zärtlichen Küssen. Sie fand Zettelchen mit Liebesbotschaften, die er in ihrer Wohnung versteckt hatte, oder in einer leeren Weinflasche eine Rose, aus dem Garten seiner Mutter.

Und dann seine Küsse.

Küsse wie in einem Roman. Bei denen die Heldinnen weiche Knie bekamen und Herzflattern. Küsse, die mehr wollten.

Und jetzt hatte er sie eingeladen, das ganze Wochenende mit ihm zu verbringen.

Sie hatte seine Ungeduld gespürt.

Natürlich würde es an diesem Wochenende passieren.

Sie hatte sich neue Wäsche gekauft. Wollte die erste Nacht für ihn unvergesslich machen. Schwarze Spitze mit roten Schleifen, halterlose Strümpfe unter dem Sommerkleid.

Immerhin hatten sie es bis ins Zimmer geschafft.

Die Tür war noch nicht ganz ins Schloss gefallen, da hatte er sie bereits gegen die Wand gedrückt. Seine Zunge zwischen ihren Lippen, die Hände fordernd auf ihren Brüsten und zwischen ihren Beinen.

Er wollte sie.

Sie wollte ihn.

Nach dem ersten wilden Sex, der ersten Gier, nach dem ersten Höhepunkt fanden sie schnell noch einmal zueinander.

Zärtlich dieses Mal. Seine Hände überall auf ihrem Körper. Fingerspitzen, die sanft über ihren Rücken glitten. Eine Zunge, die ihren Körper erkundete. Leise Worte. Liebesschwüre.

Sie hatte sich gewünscht, für immer in diesem Hotelzimmer zu bleiben.

Weit weg von der Wirklichkeit.

Hier, neben ihm, verschwitzt und glücklich, war alles ganz einfach.

Die Einsamkeit blieb draußen vor der Tür.

Zusammen mit der Angst vor einem Leben allein, mit der Abneigung seiner Mutter, der Überheblichkeit seiner Sportfreunde und auch mit dem Gefühl, nicht gut genug zu sein.

Hier konnte sie sich fallen lassen.

Die Kontrolle abgeben.

Sein.

VIERZEHN

Insa stöhnte, als sie zu sich kam. Sie zitterte am ganzen Körper. Es war eiskalt.

Und sehr still.

Sie schaute sich um, versuchte, irgendetwas zu erkennen, aber sie hatte keine Ahnung, wo sie war. Nicht in ihrem Auto und nicht zu Hause bei ihrer Schwiegermutter. Das hier war kein Haus.

Ihr brummte der Schädel wie nach einer ausgeuferten Partynacht. Der rechte Arm brannte jetzt wie Feuer. Das Bein tat auch noch weh.

Wo war Grete?

Insa lag auf dem Bauch, auf einer schmutzigen Matratze, die nach Kuhstall roch, und versuchte, sich auf den Rücken zu drehen. Ihre Hände waren auf dem Rücken gefesselt, die Fußgelenke ebenfalls mit einem Strick zusammengebunden. Wie war sie hierhergekommen?

Sie tastete, so gut es ging, den Boden links und rechts von sich ab. Keine Dielen, gar kein befestigter Boden. Sie spürte Grashalme auf festgetretener Erde. Sonst nichts. Außer dem, was sie am Körper hatte, schien es hier keine Dinge zu geben, die ihr vertraut waren.

»Grete?«

Sie horchte in die Dunkelheit. Kein Laut war zu hören. Kein Atmen, kein Rascheln. Nur die Ahnung eines anderen Menschen war da.

Dann kam die Erinnerung.

Sie war mit ihrer Schwiegermutter einkaufen gewesen. In Niebüll hatten sie einen Kaffee getrunken. Grete hatte ein Stück Pflaumentorte gegessen. Sie hatte gefroren auf dem Weg zum Parkplatz. Dann waren sie losgefahren, sie und ihre Schwiegermutter.

Lewe war nicht dabei, er wollte zu Hause bleiben. Lewe!

»Lewe?«

Insa rollte sich mit viel Mühe auf die Seite und nahm all ihre Kraft zusammen, um gegen den Schmerz anzukämpfen und sich aufzurichten.

Sie saß schwer atmend an einer rauen Holzwand, durch die sie den Wind spüren konnte, der an der Hütte rüttelte. Das Gebäude war nicht isoliert, vielleicht ein Schuppen oder ein Gartenhäuschen. Es war dunkel und kalt.

»Grete?«

Sie erinnerte sich an den Schnee und die glatte Straße. Und ihr fiel wieder ein, dass sie im Dorfladen gewesen waren. Aber auf dem Weg nach Hause hatten sie den Unfall gehabt, da war dieses Auto aufgetaucht.

Dann der Schlag auf den Hinterkopf, kein Wunder, dass ihr der Schädel brummte.

Aber es war doch niemand dort gewesen. Sie war sich sicher, dass das Auto leer war, als sie hatte nachsehen wollen. Wie war sie also hierhergekommen, wer hatte ihr die Fesseln angelegt und warum?

»Grete? Bist du da? Grete?«

Insa fragte sich, wie spät es inzwischen war. Ihre Zunge fühlte sich wie geschwollen an, so sehr quälte sie der Durst.

Sie tastete vorsichtig mit den Fingern an ihren Gesäßtaschen entlang. Aber das Handy lag natürlich nach wie vor in der Einkaufstasche hinter dem Fahrersitz ihres Wagens. Und der stand vermutlich noch immer irgendwo in der Pampa.

Langsam gelang es ihr, in der Dunkelheit Umrisse zu erkennen. An manchen Stellen in der Wand fielen schmale Lichtstreifen herein, dort, wo die Bretter nicht ganz akkurat aufeinandergenagelt worden waren.

Als ihre Augen sich komplett an die Dunkelheit gewöhnt hatten, schaute sich Insa in alle Richtungen um.

An einer Wand stand ein altes Fahrrad neben ausrangierten Gartenmöbeln, daneben ein verrosteter Grill, ineinandergestapelte Eimer und eine ausziehbare Leiter. In einer Halterung hingen Gartenwerkzeuge, Rechen, Harke und Hacke. Offenbar ein ganz gewöhnlicher Gartenschuppen.

Allerdings nicht der ihrer Schwiegermutter. Sie erkannte weder das Fahrrad noch die anderen Gegenstände. Hier war sie mit Sicherheit noch nie zuvor gewesen.

Das einzige Fenster war mit Pappe von innen verklebt, ebenso die kleinen Scheiben in der gegenüberliegenden Tür.

Dann erkannte sie, dass das, was sie irrtümlich für einen Haufen alter Lumpen gehalten hatte, sich leicht bewegte.

Sie versuchte, sich weiter aufzurichten. Als das wegen der Schmerzen nicht gelang, rutschte sie auf allen vieren auf das Bündel zu.

»Grete, kannst du mich hören? Du musst aufwachen!« Sie schubste sie mit dem Kopf an.

Grete stöhnte. Insa roch ihren Atem. Wie Apfelsaft. Ganz sicher hatte ihre Schwiegermutter auch Durst.

Sie robbte sich vorwärts zu dem verrosteten Grill. Schob sich stöhnend an der Wand hoch, indem sie die Füße in den Boden drückte. Dann drehte sie sich mit dem Rücken zur schmalen Blechkante des Grills und rieb die Handfesseln daran.

Immer wieder war sie kurz davor, aufzugeben, so sehr schmerzte ihre Schulter. Dann endlich gab es ein kurzes Knacken, und ihre Hände waren frei. Sie befreite sich von ihrer Fußfessel, ließ sich wieder auf die Knie herab und rutschte zurück zu ihrer Schwiegermutter.

Grete würde ihre Medizin brauchen und sie mussten Hilfe holen. Irgendwer musste sie nach Hause bringen. Wo war die Handtasche, wo waren der Insulinpen und das Messgerät?

Insa griff nach einem alten Pullover, der auf dem Boden lag, und bettete Gretes Kopf darauf.

Dann suchte sie den Boden ab.

Keine Handtasche, keine Einkaufstüten.

»Verdammt!«

Wut und Schmerz traten in Wettstreit.

Ihr kamen die Tränen.

Insa nahm ihre Armbanduhr ab und rutschte auf dem Boden herum, bis sie eine Stelle fand, an der es ein klein wenig Licht gab.

Es war kurz nach vierzehn Uhr.

Also war es ganz sicher mehr als sechs Stunden her, dass Grete ihre letzte Insulineinheit genommen hatte.

Der Pen. War nicht in der Handtasche.

Sie robbte zurück zu ihrer Schwiegermutter und rüttelte sie. »Du musst aufwachen!« Insa tastete Gretes Mantel ab, bis sie den Insulinpen in der rechten Tasche fühlen konnte. Wie ein dicker Füller lag die Medizin in ihrer Hand.

»Grete, du musst mir sagen, wie ich das machen muss.«

Sie weinte.

Die Dosisanzeige des Pens war in der Dunkelheit nicht zu

erkennen. Was hätte das auch geändert? Sie wusste ohnehin nicht, wie viel Insulin sie ihrer Schwiegermutter spritzen musste. Sie hatte keine Ahnung, wie die richtige Menge eingestellt wurde. Ob immer die gleiche Dosis verabreicht wurde oder ob sich das von Gabe zu Gabe änderte. Musste Grete erst etwas essen oder konnte Insa gleich spritzen?

Sie legte sich neben Grete auf den kalten Boden und streichelte ihr über das Gesicht. Sie spürte eine Verkrustung am Haaransatz. Roch an ihren Fingern und leckte vorsichtig daran. Sie schmeckte Blut. Ihre Schwiegermutter war am Kopf verletzt.

»Grete, du musst mir helfen, alleine kriege ich das nicht hin.«

Aber Insa wusste auch, dass Grete es ohne das Insulin nicht mehr lange schaffen würde.

FÜNFZEHN

Der Typ gegenüber knabberte an geschälten Möhren.

Er hatte viele davon.

Es krachte bei jedem Bissen, als würde ein Streichholzhaus zusammenbrechen.

Auf dem Bahnhof hatte Bendix sein vorbestelltes Ticket nach Brüssel aus dem Automaten ziehen wollen. Funktionierte aber nicht. Der britische Apparat wollte seine deutschen Kreditkarten nicht als Identitätsnachweis akzeptieren.

Deshalb musste er sich anstellen. Fast eine Stunde lang sah er den Bahnbeamten bei ihrer Arbeit und vor allem beim Pausieren zu, das Ausstellen des Tickets dauerte dann nicht einmal eine halbe Minute. Im Rückblick war er dennoch froh, dass er nicht wieder aus der Schlange ausgeschert war, um sich nach einer anderen Verbindung umzusehen. Alle, die es versucht hatten, waren schließlich doch wieder am Ende der Warteschlange angekommen.

Als Bendix endlich im Eurostar saß, hatte er versucht zu schlafen, schreckte aber durch das laute Mümmeln seines Mitreisenden immer wieder hoch. Und weil sein Telefon in der Brusttasche brummte.

»Papa.« Ein Flüstern, kaum zu verstehen. »Hörst du mich?«

»Lewe, was ist denn los? Kannst du lauter sprechen? Ist Mami wieder zu Hause?«

»Papa, es ist jemand im Haus. Ich bin ganz sicher.« Immer noch leise. Und es klang sehr ängstlich.

Bendix spürte, wie sich ihm der Hals zuschnürte. »Lewe, ich sitze in der Bahn nach Brüssel … Lewe?« Bendix schaute auf das Display seines Handys. Kein Empfang mehr.

»Na, Probleme zu Hause?«

Hätte ihm gleich auffallen müssen, dass sein Gegenüber ein Deutscher war. Oder dass es sich bei dem Kerl weder um einen Franzosen noch um einen Briten handelte. Zum abgetragenen dunkelblauen Anzug trug der Mann Wollsocken in kantigen Halbschuhen mit verschiedenfarbigen Schnürsenkeln. Der Fleck auf der Krawatte war wegen des wilden Musters kaum zu sehen, aber existent. Und ihm wuchsen graue Haare aus der Nase, die mit den buschigen Augenbrauen korrespondierten.

Für einen Moment vergaß der Mann die angebissene Möhre. »Mir ist hier auch schon oft das Netz weggebrochen, muss man durch.«

Zwei Bissen. Krachen, Knirschen. Dann war der Möhrenvorrat endlich aufgebraucht.

Der Mann, der bei näherer Betrachtung eher dick als kräftig war, bot ihm lächelnd einen Schokoriegel an. »Beruhigt die Nerven.«

Was wusste der denn schon?

Bendix wiederholte sein Mantra vom Flughafen: nicht aufregen! Und immer schön an die Folgen des Wutausbruchs in Heathrow denken. Niemandem war damit geholfen, wenn er aggressiv wurde und ausrastete. Das schuf nur neue Probleme.

»Danke.« Bendix nahm die Schokolade.

»Wendt, mein Name, freut mich.« Der Mann schüttelte Bendix die Hand.

»Steensen.«

Der Typ hatte unglaublich schwitzige Finger. Oder waren das seine eigenen?

»Kann man Ihnen sonst noch irgendwie helfen?«

»Mein Sohn ist allein zu Hause.« Bendix hatte das gar nicht sagen wollen, es war einfach aus ihm herausgebrochen.

»Wie alt?«

»Neun.«

Der Dicke winkte ab. »Ich hab vier davon. Vom Häschen bis zum Angeber alles dabei. Die Kleine würde jedem Einbrecher eins auf die Mütze geben, der Älteste macht sich schon in die Hose, wenn ich ›buh‹ sage.«

Bendix hatte den Mund voller Nüsse und Schokolade. Kauen verhindert reden.

»Sind Sie alleinerziehend?«

Kopfschütteln. Abbeißen.

»Bis wohin müssen Sie denn noch?«

Bendix knüllte das Schokoladenpapier zusammen und stopfte es in den kleinen Abfallbehälter unter dem Fenster. »In Brüssel ist ein Ticket nach Hamburg für mich hinterlegt, von da aus muss ich mir ein Auto mieten oder mit der Bahn weiter nach Nordfriesland.«

»Ach, Friesland, kenne ich. War im letzten Urlaub in Büsum mit meiner Sippe.«

Bendix hatte keine Lust, dem Mann zu erklären, zu welchem Teil Schleswig-Holsteins Büsum wirklich gehörte. Und dass Niebüll mit Friesland nichts zu tun hatte, war dem Dicken wahrscheinlich sowieso egal.

Eigentlich wollte er gar nicht reden. Er musste sich dringend ausruhen, nur noch etwa zwei Stunden bis Brüssel.

Aber der Familienvater hatte Zeit.

Und Sehnsucht nach Unterhaltung.

Seine Zeitung hatte er offenbar längst ausgelesen, die lag im Gepäcknetz über ihm.

»Is hübsch da oben, aber auch 'n bisschen trostlos, oder? So einsam. Grade im Winter, wenn's dann auch noch so kalt ist. Da am Meer ist ja immer Wind, nicht? Aber alles so grau und so. Wär nix für mich.«

Statt Aktenkoffer hatte Herr Wendt einen roten Rucksack dabei, aus dem er immer neue Snacks hervorholte. Gerade öffnete er eine grüne Plastikdose, schnüffelte am Inhalt und rümpfte die Nase. Eine sehr braune Banane wanderte zu Bendix' Schokoladenpapier.

»Warum fahren Sie denn ausgerechnet im Winter da hin? Familie?«

Bendix nickte und lehnte sich demonstrativ mit geschlossenen Augen gegen das Fenster.

»Möchten Sie?« Der Dicke hielt ihm einen Müsliriegel hin.

»Nein, danke.«

»Nehmen Sie ruhig, ich hab noch mehr davon.«

Ohne Zweifel, es handelte sich nicht um einen gewöhnlichen Rucksack, sondern um ein Teil, in dem man problemlos ein Zweimannzelt transportieren konnte. Mit einer kompletten Kochausrüstung obendrein.

»Wissen Sie, ich beschäftige mich nebenberuflich schon lange mit Psychologie und ich sehe doch, dass Sie sich mit irgendetwas quälen.« Die blau behosten Beine wurden übereinandergeschlagen. Trauriger Blick, der wohl mitfühlend gemeint war.

»Ich bin einfach nur müde.«

»Manchmal hilft es, wenn man drüber spricht.« Der Mann zog eine Flasche Wasser aus der Seitentasche seines Rucksackes und nahm einen langen Schluck.

»Mein Sohn ist allein im Haus meiner Mutter, das ist alles.«

»Und wo ist Ihre Frau?«

»Keine Ahnung.« Bendix schluckte.

Schluckte noch einmal.

Dinge, die man aussprach, wurden wirklicher.

Er griff nach seiner Aktentasche und suchte nach etwas. Egal, was.

»Hey, kein Grund, die Nerven zu verlieren.« Der Dicke wuchtete sich hoch und setzte sich neben Bendix. Eine sehr warme Hand legte sich auf seine Schulter. Klopfte. »Ich hatte auch schon mal Stress mit meiner Frau. Die kommen wieder.«

Bendix stand auf, um seine Tasche ins Gepäcknetz zu legen. So wurde er auch die Pranke auf der Schulter wieder los. »Wir hatten keinen Streit. Meine Frau ist verschwunden, einfach so. Mein Sohn hat keine Ahnung, wo sie und meine Mutter sind, und die Polizei meldet sich auch nicht. Mein Sohn sagt, er hört Geräusche im Haus.«

»Ist da was zu holen?«

»Bitte?«

»Ich meine, sind Sie reich? Große Villa mit Meerblick, Strandzugang und so?«

»Quatsch, das ist ein Haus aus den Sechzigern, altes Backsteingebäude. Meine Mutter kommt zurecht, aber …«

»Also nix, was einen Häuserknacker interessieren würde?«

»Nein!« Darüber hatte Bendix noch gar nicht nachgedacht. Aber kein Einbrecher würde sich die Mühe machen, ganz an den Deich rauszufahren.

»Und sind Sie berühmt oder so?« Der Hobbypsychologe musterte ihn neugierig.

»Nein, wieso?«

»Das wär jetzt das Einzige, was mir noch eingefallen wäre.«

»Was genau?« Eiskalter Schauer im Nacken.

»Dass jemand Sie erpressen will. Also, wenn Sie jetzt 'ne große Nummer in der Politik wären oder ein Millionenerbe, vielleicht ein berühmter Schauspieler? Ich hab nämlich keinen Fernseher, also, wenn das so wäre, dann …«

»Unsinn.«

»Dann weiß ich auch nicht. Aber wenn Sie mich fragen, Kinder hören und sehen dauernd irgendwelche Dinge.« Er zog eine Geldbörse aus dem Rucksack. »Ich geh mal in den Speisewagen. Soll ich Ihnen etwas mitbringen? Kamillentee vielleicht? Gut für die Nerven.«

Bendix rang sich ein Lächeln ab und schüttelte den Kopf.

Als die Schiebetür hinter seinem Mitreisenden zufiel, atmete er heftig aus und versuchte, sich zu beruhigen.

Vierfacher Vater. Der musste es ja wirklich wissen.

Und hatte Lewe nicht gesagt, dass es sehr stürmisch sei? Wahrscheinlich hatte der starke Wind vor dem Haus etwas umgerissen oder Ziegel vom Dach gefegt.

Wer sollte in das Haus seiner Mutter einbrechen? Da war doch nichts zu holen.

Außer seinem Kind.

HENRIKE

Nach zwei Monaten waren sie zum Sommerfest beim Sportverein gegangen.

Bei den Spielen der Kleinsten war er der Schiedsrichter. Sie hatte sich bereit erklärt, Waffeln zu backen und Saft auszuschenken.

Sie wollte einfach nur mit ihm zusammen sein.

Es war ein Traumtag: Sonne. Nolde-Himmel. Sanfte Brise.

Und die vielen glücklichen Kinder.

Sie konnte sich nicht sattsehen an den verschmierten Mündern, den strahlenden Augen und kleinen Fingern, die Mühe hatten, die Waffel so zu halten, dass nicht der ganze Puderzucker wieder herunterfiel.

Sie musste trösten, wenn doch einmal eine im Dreck landete.

Sie wurde eine Meisterin in der Kunst, die Bienen zu verjagen, die an den Saft wollten. Sie reinigte unendlich viele schmutzige kleine Finger mit feuchten Tüchern. Bekam einen nassen und klebrigen Kuss auf die Wange, als Dankeschön.

Dieses großartige, gackernde, unbeschwerte Lachen, dem man nicht widerstehen konnte.

Abends dann, nach dem Aufräumen, als die anderen Helfer schon nach Hause gefahren waren, hatten sie noch zusammen auf einer Holzbank auf dem Schulhof gesessen.

»Toller Tag. Kinder sind so wunderbar!«

»Aber auch ganz schön anstrengend. Ich kann dir gar nicht sagen, wie schwierig es ist, den ganz Kleinen beizubringen, dass es bei so einem Spiel Regeln gibt, an die man sich halten muss. Ich bin fix und fertig.«

Er hatte die Beine ausgestreckt und wohlig gestöhnt. »Gut, dass nur einmal im Jahr Sommerfest ist. Strengt mich mehr an als das Training.«

»Möchtest du Kinder? Irgendwann?«

»Keine Ahnung, hab ich bisher nie drüber nachgedacht. Ist ja auch noch 'n bisschen früh, oder? Ich hab ja nicht einmal genug Geld für ein eigenes Auto, geschweige denn einen richtigen Job.«

»Aber wenn das anders ist? In ein paar Jahren?«

»Ich weiß es nicht. Vielleicht ja, vielleicht nein.«

»Kannst du dir wirklich ein Leben ganz ohne Kinder vorstellen? Denkst du nicht manchmal darüber nach, wie es wohl ist, Vater zu sein? Also, ich möchte auf jeden Fall irgendwann eine richtige Familie, mit Kindern und allem Drum und Dran.«

»Ehrlich gesagt, ist mir das viel zu weit weg. Da muss man doch richtig fest im Leben stehen und sicher sein, dass das Geld reicht. Es heißt doch immer, dass ein Kind mindestens so viel kostet wie ein Kleinwagen, das Geld muss man ja erst einmal verdienen.«

»Aber es geht doch nicht nur um Geld.«

»Das ist wahr. Aber es ist trotzdem eine Größe, die man mit einbeziehen muss.« Er hatte sie angesehen und nach ihrer Hand gegriffen. »Ich weiß gar nicht, ob ich überhaupt genug Liebe übrig habe für noch einen Menschen.«

»Aber du bist auch nicht sicher, dass ein Leben ohne Kinder für dich das Richtige wäre?«

»Ach, Mensch, Henrike, ich weiß es nicht. Darüber müssen wir doch jetzt nicht sprechen. Lass uns den schönen Abend genießen.«

Er hatte ihr einen Kuss gegeben. »Ich merke gerade, dass da

ganz schön viel Liebe da ist, für dich.« Noch ein Kuss. Weniger zärtlich. Er war auf der Bank näher an sie herangerückt. Spielte mit einer Haarsträhne über ihrem Ohr. »Wollen wir gehen? Irgendwohin, wo wir alleine sind?«

Aber sie wollte gar nicht alleine sein.

SECHZEHN

Insa versuchte sich daran zu erinnern, was der Arzt damals erklärt hatte, wie man mit dem Insulin umgehen musste.

Grete war immer noch ohnmächtig. Auf das Rütteln und Rufen reagierte sie lediglich mit einem Stöhnen.

Insa hatte mehrfach probiert, die Schuppentür zu öffnen, aber die war verriegelt. Auch das Fenster war offenbar von außen zusätzlich mit Brettern vernagelt. Immerhin war es im Schuppen etwas heller geworden, nachdem sie die Pappe von den Türfenstern abgerissen hatte.

Insa griff nach Gretes Hand, die eiskalt war. Aber sie konnte einen Puls spüren. Kräftig und schnell.

Sie hatte keine Ahnung, wie lange es genau her war, dass ihre Schwiegermutter ihre Medikamente genommen hatte. Hatte sie nicht beim Kaffeetrinken gesagt, um die Mittagszeit sei die nächste Dosis fällig?

Grete rührte sich nicht, und Insa spürte, wie ihr die Tränen der Verzweiflung über die Wangen liefen. »Grete, lass mich doch jetzt nicht allein«, schluchzte sie.

Ein dumpfes Stöhnen, ein lang gezogenes Seufzen, flatternde Augenlider.

»Ich bin es! Insa! Schau mich an.«

Aber die Augen fielen wieder zu.

»Nicht wieder einschlafen. Kannst du dich erinnern, was passiert ist? Hast du jemanden gesehen?«

Keine Reaktion.

Wer hatte sie hergebracht und vor allem, warum? Wenn sie all ihr Wissen aus all den Krimis, die sie gelesen hatte, zusammennahm, dann gab es für eine Entführung immer einen triftigen Grund. Jemand wollte Geld oder Rache oder beides. Aber sie kannte niemanden, der wegen irgendetwas wütend auf sie sein sollte. Geld oder andere Wertgegenstände waren bei ihr auch nicht zu holen. Ihre Armbanduhr und ihr Schmuck – das war alles noch da. Auch Gretes Wertsachen.

Insa kamen erneut die Tränen und sie rollte sich auf den Rücken. Der Boden unter ihr war kalt und hart und sie hörte das Rascheln von winzigen Pfoten, wahrscheinlich Mäuse. Ekelhaft.

Ihr war klar, dass sie hier nicht liegen bleiben konnten, dass sie aus diesem Schuppen herausmussten, bevor derjenige, der sie hierher verschleppt hatte, wieder zurückkam.

Denn was sicher war: Der Unfall war kein Unfall gewesen, sonst wären sie jetzt in Niebüll im Krankenhaus. Jemand hatte sie absichtlich verletzt und entführt.

Insa versuchte sich zu erinnern, was schlimmer war: eine Überdosis oder eine mögliche Unterzuckerung? Irgendwelche Regeln gab es da. Wer unterzuckert war, der brauchte Nahrung. Sie wusste: Grete hatte immer Traubenzucker in der Handtasche.

Aber die Handtasche war nicht hier.

Insa richtete sich stöhnend auf und suchte nach einem Werkzeug. Sie mussten aus diesem Schuppen raus.

Sie steckte den Insulinpen in ihre Anoraktasche und suchte nach etwas, mit dem sie die Tür öffnen konnte. Wühlte zwischen den Lumpen, schaute zwischen den Gartengeräten nach. Fand schließlich eine kleine Flicktasche am Sattel des alten Fahrrades, in der auch ein flacher Schraubenzieher lag. Er war rostig, aber das würde gehen.

Das Türschild war alt und gab schnell auf. Nach einigen Versuchen gelang es Insa, es aus dem morschen Holz herauszubrechen.

Sie drückte die Tür auf.

Eiskalter Wind wehte ihr entgegen.

Ihre Finger und ihre Schulter schmerzten, sie war erschöpft und durstig.

Vor ihr lagen endlos scheinende Felder, die bis an den dunklen Horizont reichten.

Der Wind brachte sie erneut zum Zittern. Sie war nicht warm genug angezogen für dieses Wetter.

Der Himmel war ein einziges Grau, das wie ein schweres Gewicht auf ihre Schultern zu drücken schien. Die Schneeflocken trafen sie wie winzige Glassplitter im Gesicht.

Es waren kein Haus, kein Mensch, kein Auto zu sehen. Wer immer sie hierhergebracht hatte, musste sich seiner Sache sicher sein. Von hier kam man so schnell nirgendwohin.

Insa lehnte sich mit dem Rücken gegen den Schuppen, um einen Moment Kraft zu schöpfen.

Es war dämmrig, dicke Wolken am Himmel verwandelten den Tag in einen Vorabend.

Kurz vor drei war es inzwischen, also musste ihr Mann zu Hause sein. Immerhin war Lewe nicht mehr allein. Aber Bendix würde sich bestimmt Sorgen machen.

Die Polizei würde nach ihnen suchen. Nordfriesland war nicht Manhattan. Gleich würde jemand kommen. Bestimmt.

Am Horizont wurde die glatte Linie durch einige Windkraftanlagen unterbrochen, deren blinkende Warnlichter in der frühen Winterdämmerung wie rote Augen in den Himmel starrten.

Insa tastete sich langsam um die Ecke des Schuppens. Auch auf dieser Seite gab es keine Straße, keine Lampen, kein Haus. Und auch keine Telefonzelle.

Natürlich. Das war hier ja auch Nordfriesland und nicht Manhattan.

Es gab aber einen schmalen Feldweg. Allerdings war von hier aus nicht zu erkennen, ob er zu einem Hof führte oder in ein Dorf, vielleicht sogar nach Rodenäs. Im trüben Licht sah sie einfach nur einen Streifen, leicht dunkler als die Wiese, durch die er verlief.

Keine warmen Lichter hinter Küchenfenstern, keine Scheinwerfer, deren Strahlen die Dunkelheit zerschnitten.

Nichts kam ihr hier bekannt vor. Einfach ein Stück Nordfriesland. Ein sehr farbloses und kaltes Stück.

Was, wenn sie dem Feldweg folgte und der sie nur zu weiteren Wiesen und Feldern brachte?

Was, wenn sie sich selber einen Weg suchte und irgendwann vor Hunger und Durst einfach nicht mehr weiterkonnte?

Irgendwo da draußen würde die Polizei sie auch nicht finden. Der nächste Hof, das nächste Haus konnten kilometerweit entfernt sein. Und in ihrem Zustand würde sie keinesfalls stundenlang gehen können.

Sie steckte die Hände in die Anoraktaschen und stieß gegen den Insulinpen.

Grete brauchte zunächst mal ihre Medizin.

Wenn es nichts zu essen und zu trinken gab, würde sie mit dem Insulin vielleicht wieder zu sich kommen.

Ihre Schwiegermutter war immer schon ein Fels in der Brandung gewesen. Klar im Kopf. Sie wusste sicher Rat.

Insa ging zurück in den Schuppen, den Pen in der Hand. Ließ sich neben ihrer immer noch ohnmächtigen Schwiegermutter nieder und wischte sich mit dem Mantelärmel die Tränen aus dem Gesicht.

»Grete?«

Sie versuchte es noch einmal mit Rütteln. Gab ihrer Schwiegermutter einen Kuss auf die Wange. Immerhin schien Grete nicht zu frieren, ihre Haut war warm.

»Ich gebe dir jetzt deine Spritze.« Auf der Einstellung wurde bereits eine Dosierung angezeigt. Sie beließ es dabei. Hatte Grete nicht davon geschwärmt, wie praktisch diese neue Memory-Funktion war?

Insa schob Gretes Mantel hoch, das Kleid und zerrte an der Strumpfhose, die sofort ein Loch bekam.

Sie setzte die Spritze am Oberschenkel an.

Grete rührte sich nicht. Atmete einmal heftig aus. Es roch nach Nagellackentferner.

Grete zuckte kurz, zitterte, obwohl ihre Hand immer noch warm war. Verschwitzt beinahe.

Insa hielt ihre Schwiegermutter fest im Arm. Was, wenn sie einen Fehler gemacht hatte?

Konnte man zu viel Insulin spritzen?

Wäre es besser gewesen, auf die Medizin zu verzichten?

Sie musste Hilfe holen, aber sie konnte Grete jetzt nicht allein lassen.

SIEBZEHN

»Papa? Papa, kannst du mich hören? Papa!« Lewe schaute entsetzt auf das Telefon.

Keiner mehr da.

Kein Wunder. Auf dem Display war das rote Batteriezeichen zu sehen. Akku leer.

Lewe lag auf dem Bett im oberen Zimmer und lauschte nach unten. Gerade als er sein Handy in die Ladestation auf dem Nachttisch stellen wollte, zuckte er vor Schreck zusammen.

Da war es wieder, dieses Geräusch. Ganz deutlich konnte er es hören. Als ob sich jemand an der Jalousie der Terrassentür zu schaffen machte. Mit Sicherheit nicht wieder der Zweig an der Fensterscheibe. *Das hier* hörte sich anders an.

Albert lag neben ihm und spitzte ebenfalls die Ohren. Er knurrte leise.

Das war ein ganz schlechtes Zeichen.

Aber er war dabei gewesen, als sein Vater seiner Oma erklärt hatte, wie sicher diese Außenverriegelung war. Da würde sich jeder Einbrecher die Zähne dran ausbeißen, hatte Papa gesagt.

Was, wenn es Mama und Oma waren, die ihren Schlüssel verloren hatten? Vielleicht dachten sie, er wäre mit Albert spazieren. Sollte er vielleicht nach unten gehen und nachsehen?

Albert kläffte.

»Psst, Albert.«

Lewe stand auf und öffnete vorsichtig die Schlafzimmertür.

Wieder das Geräusch.

Albert kläffte lauter.

Lewe schloss die Tür wieder.

Er sah sich um.

Überlegte.

Sein Blick fiel auf den begehbaren Kleiderschrank.

»Du musst leise sein, Albert. Komm.«

Lewe nahm ein Kopfkissen, zog den Bezug ab und steckte eine Taschenlampe aus der Nachttischschublade, Hundecracker, Chips, Schokolade und eine kleine Flasche Apfelschorle hinein. Seine Wolldecke vom Fußende des Bettes stopfte er oben auf die Vorräte.

Albert klopfte jetzt heftig mit dem Schwanz auf die Bettdecke, die Ohren noch immer gespitzt.

»Feiner Hund, brav bist du. Komm mit. Na, komm schon.«

Albert sprang vom Bett und folgte Lewe, der die Türen zum begehbaren Kleiderschrank öffnete und hineintrat. Hier gab es eine Luke zum Dachboden.

Immer schon hatte Lewe nachsehen wollen, was sich da oben verbarg, aber seine Oma hatte gesagt, dort gäbe es nichts für ihn. Nur alte Klamotten von Opa und ein paar Möbel aus Papas altem Kinderzimmer. Das war jetzt *die* Gelegenheit, um nachzusehen. Außerdem war der Platz direkt unter dem Dach ein großartiges Versteck.

Das Geräusch von unten verstummte.

Als es wieder einsetzte, konnte Lewe die Quelle auf einmal sehr genau orten. Er erkannte das Klingeln des Windspiels. Und dieses Windspiel hing direkt neben der Terrassentür, durch die jetzt jemand ganz offensichtlich ins Haus zu gelangen versuchte.

Albert bellte.

»Albert! Aus! Du musst leise sein.« Lewe tastete unter der Stange mit den Kleidern nach dem Stab, mit dem man die Lukenklappe öffnen konnte. Es war nicht ganz einfach für ihn, mit dem Haken die Öse an der Decke zu treffen, zumal Albert ihm winselnd um die Beine strich.

»Nun hab ich es.« Mit ganzer Kraft zog Lewe die Klappe nach unten und löste die Arretierung der Trittleiter. Er nahm Albert auf den Arm und kletterte Stufe für Stufe nach oben. Alberts kleines Hundeherz klopfte ebenso heftig wie seines.

Als er sich erneut der Leiter zuwandte, um den Kissenbezug mit seinen Sachen zu holen, fing sein Freund wieder an zu bellen, ließ sich aber rasch beruhigen.

»Ich bin gleich wieder da, Albert, ich hole nur schnell das Telefon.«

Vorsichtig kletterte Lewe die Leiter hinunter und zog das Telefon aus der Station. Erst zu zwölf Prozent geladen, aber das musste vorläufig reichen. Er nahm noch ein Kopfkissen mit und stieg die Leiter wieder hinauf zu Albert, der jaulte und mit dem Schwanz heftig auf den Holzboden klopfte.

Durch eines der Dachfenster fiel noch etwas Tageslicht, obwohl es bereits zur Hälfte mit Schnee bedeckt war.

Lewe zog die Leiter ein und griff nach dem Seil, mit dem sich die Luke von hier oben verschließen ließ. Er nahm die Decke und breitete sie unter dem Fenster aus.

Von unten war kein Geräusch mehr zu hören.

Albert saß aufrecht und knurrte.

Lewe hatte Angst.

ACHTZEHN

Bendix wählte Insas Nummer.

Immer und immer wieder schaltete sich die Mailbox ein.

In Brüssel hatte er mit sehr viel Glück noch seinen Anschlusszug nach Köln erwischt. Zehn Minuten Umsteigezeit waren mehr als knapp kalkuliert, aber inzwischen hatten nahezu alle Züge wegen des Wetters Verspätung. So auch der nach Köln.

Bendix war dankbar, dass er sich in London noch mit Essen und Getränken eingedeckt hatte, denn der Schaffner informierte zu Beginn der Fahrt nach Deutschland zunächst darüber, dass dieser Zug leider ohne einen Speisewagen unterwegs sei.

Hunger und Durst waren momentan ohnehin sein geringstes Problem.

Seit über einer Stunde hatte Bendix nichts von Lewe gehört, und bei Insa schaltete sich nach wie vor die Mailbox ein.

Das höchst komfortable Abteil in der ersten Klasse mit einem richtigen Bett, einer eigenen Dusche und Toilette hätte er sofort eingetauscht, wenn er dafür bei seinem Sohn hätte sein können oder wenn seine Frau sich melden würde.

In Gedanken rechnete er noch mal nach: Wenn Lewe mit der Zeit nicht falschlag, dann hatten Insa und seine Mutter gegen halb neun oder neun das Haus verlassen. Er schaute auf die Uhr. Kurz nach fünf.

Da konnte etwas nicht stimmen. Selbst wenn die Frauen sich irgendwo verquatscht hatten, wären sie inzwischen längst wieder zu Hause.

Er stand auf und tigerte in der winzigen Kabine hin und her.

Um kurz nach sieben würde er Köln erreichen und dann in den ICE nach Hamburg umsteigen. Vielleicht hatte er dann Gelegenheit, ein wenig Schlaf nachzuholen.

Und danach?

Klar! Thorsten Kruse, sein alter Schulkumpel Thoddie, der wohnte doch noch da oben. In Niebüll oder ganz in der Nähe. Warum hatte er nicht früher daran gedacht? Den würde er anrufen, der musste ihm helfen.

Bendix setzte sich wieder. Beruhigt durch den Gedanken an einen Plan.

Er drückte die Kurzwahltaste mit der Nummer seines Sohnes. »Lewe, ich hatte vorhin kein Netz mehr. Ist alles in Ordnung? Geht es dir gut?

»Es geht.«

»Was war denn los?«

»Ein Geräusch.«

Die Antworten kamen so leise, dass Bendix große Mühe hatte, seinen Sohn zu verstehen.

»Ich habe mich auf dem Dachboden versteckt, über dem begehbaren Kleiderschrank, weißt du?«

»Was soll das denn? Und wie bist du da überhaupt hochgekommen?«

»Der Stock für die Klappe liegt hinter Omas Wintermänteln, das hat sie mir mal gezeigt. Papa, ich habe Angst, irgendjemand ist im Haus, ich habe gehört, wie einer die Jalousie an der Terrassentür von außen hochgeschoben hat.« Lewe begann zu weinen.

»Das war sicher nur der Wind, der das Geräusch gemacht hat, du hast doch gesagt, es ist wieder stürmisch geworden bei euch.« Bendix hätte sich übergeben können vor Sorge. Hätte er nur nicht diesen Schokoriegel gegessen.

»Nein, das war nicht der Wind, das hat nicht einfach nur geklappert, da hat einer versucht reinzukommen. Ganz bestimmt! Ich weiß das. Du bist ja nicht hier, du kannst das gar nicht wissen. Sogar Albert hat gebellt.«

»Hör mir zu, Lewe. Wenn du dich auf dem Dachboden sicher fühlst, dann bleib einfach da sitzen, okay? Ich habe die Polizei angerufen und darum gebeten, dass sich jemand um dich kümmert, das weißt du doch. Vielleicht hast du das Klingeln nicht gehört und der Polizist versucht jetzt, ins Haus zu kommen?«

Bendix merkte selbst, wie verrückt das klang. Und was, wenn tatsächlich jemand versuchte, seinem Sohn etwas anzutun?

Aber wer?

Und warum?

Er hatte nicht genügend Geld, als dass eine Entführung mit Erpressung irgendeinen Sinn ergeben würde. Er konnte sich auch nicht erinnern, sich jemanden so zum Feind gemacht zu haben, dass der sich an ihm rächen wollte. Dennoch beschlich ihn ein ungutes Gefühl, wenn er an seine Frau dachte, die sich seit Stunden nicht meldete, und an sein Kind, das allein auf dem Dachboden eines einsamen Hauses saß.

»Lewe, bleib einfach, wo du bist. Der Polizist wird dich sicher rufen, wenn er im Haus ist. Wenn du ihn hörst, dann gehst du mit ihm, der passt auf dich auf, bis ich da bin, okay?«

»Aber wo ist Mama?« Die Coolness war einer tiefen Verzweiflung gewichen. Immerhin hatte Lewe aufgehört zu weinen.

»Ich weiß es nicht, mein Schatz. Aber auch das wird die Polizei herausfinden.«

»Aber Papa …«

»Hör zu: Wenn deine Angst zu groß wird oder irgendetwas geschieht, was dir unheimlich ist, dann wähl den Notruf, wenn du mich nicht erreichst.«

»Aber muss ich denn Angst haben?«

»Nein, musst du nicht. Du hast es doch ganz gemütlich da an deinem Platz mit Albert, also betrachte es als ein Abenteuer und mach ein wenig die Augen zu.«

»Aber wann bist du da?«

Bendix warf einen Blick auf seine Armbanduhr. Viertel nach fünf, die Zeit schlich nur so dahin.

»Noch ein paar Stunden.«

»So lange kann ich aber nicht mehr alleine sein. Echt nicht.«

»Musst du auch nicht.«

»Aber es schneit richtig doll. Das Fenster ist schon ganz weiß.«

»Lewe, du weißt doch, dass das für Omis Nachbarn kein Problem ist. Zur Not kommt jemand mit dem Trecker und holt dich.«

»Wirklich? Papa, wirklich? Papa???«

Die Leitung war tot. Von einer Sekunde auf die andere.

Lewe rief noch einige Male nach seinem Vater, aber ihm war klar, dass dessen Akku sich jetzt verabschiedet hatte.

Auf dem Dachboden war es mittlerweile fast dunkel. Lewe hatte die Taschenlampe ausgeschaltet, um die Batterien zu schonen.

Albert winselte.

Da war wieder das Geräusch.

Erst ein lautes Scheppern, dann hörte es sich an, als ob Glas zerbrach.

Lewe fröstelte, als er sich vorstellte, wie ein Einbrecher an der Terrassentür die Verriegelung der Jalousie knackte und das Glas der Tür einschlug, um ins Haus zu gelangen.

Er legte sein Ohr auf die Dachluke und lauschte nach unten. Bildete er sich das ein oder waren da Schritte zu hören? Die vierte Treppenstufe von unten knarrte sehr laut, die ließ er immer aus, wenn er sich nach unten schlich, um während der Mittagsstunde seiner Oma einen Keks zu stibitzen. Nun war ihm aber so, als hätte er genau diese Stufe knarren gehört.

Es klingelte an der Haustür. Da hatte er sich bestimmt nicht verhört.

Jemand drückte wieder und wieder auf den Klingelknopf.

Lewe machte sich fast in die Hose vor Erleichterung. Das musste der Polizist sein, von dem Papa gesprochen hatte. Der würde ihn hier herausholen und zu seiner Mama bringen.

NEUNZEHN

Fast drei Stunden hatte diese verdammte Abschleppaktion gedauert. Bruno hatte sich wieder einen Spruch von Norbert darüber anhören müssen, warum er nicht längst einen Dienstwagen durchgesetzt habe, er, der Bulle aus Hamburg, habe wohl keinen Mumm in den Knochen.

Karins ehemaliger Schulkumpel hatte ihm an Ort und Stelle neue Winterreifen aufmontiert, nachdem er ihn aus dem Graben gezogen hatte. Im Rückspiegel konnte Bruno noch sehen, wie Norbert heftig den Kopf geschüttelt hatte, als er anschließend weiter Richtung Deich gefahren war, anstatt umzukehren.

Nun stand er also endlich vor dem Haus von Grete Steensen und klingelte Sturm.

Er hatte vorher sein Ohr an die Tür gelegt, um zu lauschen. Dabei hatte er ein Geräusch gehört. Jemand hatte ein Glas zerbrochen oder einen Teller. Ein Klirren jedenfalls war ganz deutlich zu vernehmen gewesen, bevor er seinen Finger zum ersten Mal auf den Klingelknopf gesenkt hatte. Danach war es wieder still im Haus.

Aber er war Bruno Behrend und nicht irgendein dahergelaufener Wachmann, er würde sich nicht veräppeln lassen. Schon gar nicht von einem Kind, das vielleicht die Abwesenheit der Eltern dazu nutzte, eine kleine Party zu veranstalten.

Er hatte das Geräusch gehört, also musste auch jemand

zu Hause sein und er würde nicht weggehen, bevor er diesen Sachverhalt geklärt hatte.

Sich ein wenig aufzuwärmen wäre auch ganz schön. Er hatte nasse Füße, klamme Hosenbeine und bei jeder einzelnen Bö ein Gefühl wie Stecknadeln im Gesicht.

Der Wind pfiff hier am Deich heftig um die Häuserecken und es lag noch mehr Schnee in der Luft. Dafür hatte er eine Nase. Er wollte auf jeden Fall wieder zu Hause sein, bevor die Straßen komplett zugeweht wären. So weit draußen kam man nur mühsam wieder weg, wenn es erst einmal zu schneien begonnen hatte.

Bruno erinnerte sich noch an den schlimmen Winter vor ein paar Jahren, als er Karins Eltern besucht hatte. Damals hatte er sich doch tatsächlich Schneeketten angeschafft. Er überlegte, wo er die Dinger eigentlich hingeräumt hatte, als es im Inneren des Hauses noch einmal klirrte.

Bruno rückte seine Dienstmütze zurecht und wollte gerade wieder auf den Klingelknopf drücken, als die Tür geöffnet wurde. Eine Frau stand vor ihm, lächelte.

Umwerfend schöne rote Haare.

»Ja, bitte?«

Durch den Bewegungsmelder vor der Tür war das Licht angegangen, sobald sich Bruno dem Haus genähert hatte. Als es nun auch das Gesicht der Frau beleuchtete, kam es Bruno für einen Moment so vor, als verzöge sich das freundliche Lächeln zu einer ängstlichen Grimasse, sobald sie die Uniform erkannte.

»Oh, Polizei, ist etwas passiert?«

Nein, er musste sich getäuscht haben, ängstlich wirkte sie nicht. Eher irgendwie … Er kam nicht drauf, aber er war in Gegenwart von attraktiven Frauen immer schnell eingeschüchtert. Da fiel das Denken schwer. Und diese Frau war außerordentlich attraktiv mit ihren langen feuerroten Haaren, der blassen Haut und den grünen Augen. Lag das in der Familie? War Grete früher auch so ein Geschoss gewesen? Ach nein, das war ja die Schwiegertochter. Warum war ihm die eigentlich noch nie aufgefallen? Karin hatte doch gesagt, die sei öfter hier in Nordfriesland. Mit seiner Konzentration war es in der Nähe schöner Frauen auch nicht weit her.

»Guten Tag, Behrend mein Name, ich bin der zuständige Polizeibeamte aus Rodenäs, und wir haben eine Vermisstenmeldung hereinbekommen, der ich nachgehen muss. Sind Sie Insa Steensen?«

»Ich, ja, also, ich, nein, ich meine, ich bin nicht Frau Steensen, ich bin …« Sie schien zu überlegen. »Ich bin eine Cousine von Frau Steensen.«

Bruno kam die Frau im Türrahmen nun doch entfernt bekannt vor. Ihm war, als hätte er diese auffälligen roten Haare schon einmal irgendwo gesehen. Aber er hatte bei Weitem nicht das Personengedächtnis wie seine Karin. »Sagen Sie mal, kennen wir uns vielleicht? Sind wir zusammen zur Schule gegangen?«

Die Antwort kam für seinen Geschmack ein wenig zu schnell. »Das glaube ich kaum. Wir sind ja wohl auch nicht gleich alt.«

Herzlichen Dank für die charmante Beleidigung, dachte Bruno. Laut sagte er: »Na, ich war auch ein paar Jahre weg, war in Hamburg als Polizist.«

»In Hamburg … da war ich das letzte Mal als Kind.«

»Können Sie mir sagen, wo Frau Steensen und ihre Schwiegertochter sind?«

»Nein, keine Ahnung. Sie haben mich nur gebeten, über Nacht hierzubleiben und einzuhüten.«

»Ist der Junge da? Kann ich ihn mal sprechen?«

Die Frau blickte über die Schulter ins Haus.

Das Außenlicht ging wieder aus, Bruno trat einen Schritt zurück, sodass der Bewegungsmelder ihn wieder erfassen konnte.

»Ja. Ja, natürlich ist der da. Er schläft.« Sie machte Anstalten, die Tür wieder zu schließen.

Bruno kam sich langsam wie ein Idiot vor. »Entschuldigen Sie bitte, aber wir müssen solchen Notrufen nachgehen. Und ich habe eben ein Geräusch im Haus gehört …«

»Ich hatte Durst und wollte mir ein Glas Wasser holen, dabei ist mir die Flasche auf den Fußboden gefallen.«

»Wann haben Sie denn Ihre … Cousine das letzte Mal gesehen?«

»Meine Cousine?«

»Insa Steensen.«

»Ach so, ja, die habe ich … Moment, da muss ich überlegen. Ich glaube, heute Mittag. Ja, so gegen zwölf wird das gewesen sein.« Die Rothaarige verschränkte die Arme vor der Brust.

»Und da haben Sie sich keine Sorgen gemacht, dass sie noch immer nicht zu Hause sind?«

»Nein, wir haben ja vor einer halben Stunde telefoniert. Wieso sollte ich mir Sorgen machen? Ich beschütze das Kind.«

Seltsame Antwort, fand Bruno. »Wovor?«

»Was, wovor?« Die Frau begann, mit den Zähnen zu klappern. Warum bat sie ihn nicht einfach herein? Schließlich war ihm auch kalt.

»Wovor Sie das Kind beschützen?«

»Ich, äh, also, ich passe auf ihn auf. Das wollte ich sagen.« Sie rieb sich mit den Händen die Oberarme.

»Und wieso weiß Bendix Steensen nicht, dass Sie hier sind?«

»Weiß er doch, ich habe ihn angerufen. Ich verstehe nicht, worauf Sie hinauswollen.«

»Ach?«

»Natürlich, der wird bald zu Hause sein.«

»Kann ich bitte mal Ihren Ausweis sehen?«

Ihre Miene verfinsterte sich. »Hören Sie, was soll das alles? Ich würde das hier gern beenden, ich friere.«

»Ja, ich auch. Je schneller Sie mir Ihre Papiere zeigen, desto schneller sind Sie wieder ganz im Warmen.«

Die Frau sah ihn wütend an, drehte sich um und schloss die Tür hinter sich.

Bruno war viel zu perplex, um gleich zu reagieren. Als er seine Überraschung abgeschüttelt hatte, war sie schon wieder da. Lehnte die Tür hinter sich an und reichte ihm einen Personalausweis, während sie in einen Parka schlüpfte.

Der Ausweis sah aus, wie ein Ausweis eben aussah. Henrike Bühler, wohnhaft in Norderstedt, geboren 1969, kein schmeichelhaftes Foto. Bruno zog Stift und Block aus der Jackentasche, schrieb die wichtigsten Daten ab und gab ihr die Plastikkarte zurück. »Tjaaa, dann danke ich.«

Er hätte sich gern erleichtert gefühlt. Gelang aber nicht. Seltsame Frau. Vielleicht kannte Karin die.

»Also, dann entschuldigen Sie die Störung und lassen Sie mich wissen, wenn ich etwas tun kann.« Er zog umständlich eine nicht mehr ganz frische Visitenkarte aus der hinteren Hosentasche.

»Natürlich.« Die Rothaarige lächelte zaghaft. »Es ist gut zu wissen, dass Sie Ihre Arbeit so ernst nehmen, da fühlt man sich wirklich sehr beschützt. Und danke, dass Sie hier waren.«

»Man macht nur seinen Job.«

Die Tür wurde ihm vor der Nase geschlossen und das Licht ging wie auf Kommando wieder aus.

Irgendetwas an dieser Frau kam ihm bekannt vor, und irgendetwas an ihrer Erscheinung rief eine ungute Erinnerung wach. Und irgendetwas stimmte nicht an dem, was sie gesagt hatte.

Er wusste nur beim besten Willen nicht, woher er diese Frau kennen sollte und warum ihm in ihrer Gegenwart so unwohl war.

Das hatte ihm die olle Steensen auch noch nie erzählt, dass sie noch andere Verwandte in der Nähe hatte außer ihrem Sohn, ihrer Schwiegertochter und ihrem Enkel. Gut, es war nun nicht so, dass er sich regelmäßig mit der alten Frau zum Kaffeeklatsch traf und über Verwandte plauderte.

Es war nicht einfach für ihn, sich hier als Polizist zurechtzufinden. Das Einzugsgebiet seiner Dienststelle war einfach zu groß, nicht viele Menschen, aber viel Fläche. Da war man manchmal schon den ganzen Tag unterwegs, von einem Ladendiebstahl auf der einen Seite zu einer Prügelei auf der anderen.

Behrend strich sich durch die strubbeligen blonden Haare und seufzte. Wenn bloß Karin bei ihm wäre, dann könnte er sich mit ihr beratschlagen. Sie hatte ein großartiges Personengedächtnis, außerdem war sie hier aufgewachsen, er hingegen in Leck. Und obwohl das nur ein paar Kilometer entfernt war, lagen hier in Nordfriesland, zumindest wenn man ein Kind war, Welten dazwischen.

Er schaute auf die Uhr. Kurz nach vier. Wenn er sich beeilte, dann konnte er noch mit Karin Kaffee trinken. Hier war ja wohl alles in Ordnung.

Den Vater des Jungen würde er ganz in Ruhe aus seinem

Büro anrufen. Der war sicher froh zu hören, dass alles in Ordnung war.

Erst mal in trockene Klamotten kommen.

Bruno Behrend stieg in seinen Wagen, startete den Motor und drehte die Heizung voll auf.

Im Rückspiegel sah er das Haus, das jetzt im Halbdunkel lag. Nur oben aus einer Dachluke konnte er einen Lichtschimmer erkennen.

ZWANZIG

Insa benetzte die Lippen ihrer Schwiegermutter mit dem Schneeklumpen, den sie von draußen geholt hatte.

Der Wind hatte sich inzwischen zu einem regelrechten Sturm ausgewachsen. Durch jede Ritze zog die kalte, feuchte Luft und sie kuschelte sich noch ein wenig näher an Grete.

»Grete? Du musst langsam aufwachen.« Sie griff nach der Hand ihrer Schwiegermutter.

Die war warm. Sehr warm sogar.

»Grete!« Das regelmäßige Atmen an ihrer Seite wurde flacher und flacher. Trotz der Wärme im Körper. Oder vielleicht gerade wegen der Wärme?

Insa setzte sich auf und rüttelte Grete, versuchte sie aufzurichten. Aber die fiel wie ein nasser Sack immer wieder in sich zusammen.

Auf ihrer Stirn bildete sich jetzt kalter Schweiß. »Hilfe!«

Ein leichtes Seufzen. Und dann war da gar kein Atmen mehr.

»Grete! Grete, du musst sofort aufwachen, wir müssen hier weg, es wird zu kalt, wir … Hilfe!«

Sie schüttelte ihre Schwiegermutter, schlug ihr sanft und dann etwas fester mit der flachen Hand ins Gesicht. Übte Druck auf ihren Brustkorb aus, wie sie es im Erste-Hilfe-Kurs gelernt hatte. Versuchte Mund-zu-Mund-Beatmung.

Nichts. Keine Reaktion, kein Atem.

Insa brach in Tränen aus. Nahm Grete in den Arm und schaukelte sie wie ein Baby.

»Warum? Warum denn?«

Niemand hörte sie.

HENRIKE

Vier glückliche Monate waren vergangen, als sie bei einem seiner Mannschaftskollegen zur Geburtstagsfeier eingeladen waren.

Jürgen war der von den Freunden, der ihr von Beginn an mit unverhohlener Abneigung begegnet war. Grüßte nicht, wenn sie sich im Bistro sahen, machte laute Witze über ihre roten Haare, überging sie, wenn er bei gemeinsamen Abenden nach Getränkewünschen fragte. Die Abneigung bestand inzwischen auf Gegenseitigkeit.

Gefeiert wurde in einem alten Bauernhaus, mitten in den Feldern zwischen Leck und Lindholm, das Jürgen gemeinsam mit seinem Bruder und einem Freund gemietet und bezogen hatte. Nun feierte er den Umzug zusammen mit seinem Geburtstag.

Eine Feier wie viele auf dem Land: eine hellblaue Plastikbadewanne voll Kartoffelsalat, kalte Wiener Würstchen, trockene Weißbrotscheiben und Ketchupflaschen, Senf in Gläsern mit Comicmotiven.

Und natürlich sehr viel Alkohol.

Es waren unglaublich viele Menschen auf dieser Party. Die einen verteilten sich in der Küche, im Flur, im Wohnzimmer und auf der Treppe zu den Schlafzimmern im oberen Stockwerk. Die anderen feierten im Garten oder saßen auf der Bank vor der Haustür zusammen. Niemand fühlte sich durch Lärm oder parkende Autos gestört. Kein Nachbar beschwerte sich über

Liebespärchen oder Zigarettenstummel in seinem Vorgarten. Rund um das Haus gab es weit und breit nur Felder.

Er war in Feierlaune und ließ sich von Jürgen immer wieder zu einem Schnaps überreden. Trank noch einen und noch einen.

Sie wurde sehr schnell bedeutungslos für ihn.

Vor der Party war das ganz anders gewesen. Zu Hause hatte er hinter ihr gestanden, während sie sich für den Abend zurechtgemacht hatte. Er hatte ihr ins Ohr geflüstert, was er alles mit ihr machen würde, wenn sie von der Party zurück seien.

Den Lippenstift hatte sie dreimal nachziehen müssen. Immer wieder war er über sie hergefallen. Waren sie übereinander hergefallen. Und nun schien es, als würde er sie mit jedem Schluck Alkohol mehr und mehr vergessen.

Sie lief hinaus, um Luft zu schnappen und ein wenig allein zu sein. Ging ein paar Schritte über die Feldwege und dachte nach.

Das Auto stehen zu lassen und auch zu trinken war keine Option. Sie hatte keine Lust, noch endlose Stunden zwischen diesen Proleten zu verbringen. Es gab hier niemanden außer ihm, mit dem sie sich gern unterhalten hätte, und niemanden, mit dem sie Zeit verbringen wollte.

Sie passte nicht hierher. Und er auch nicht.

Als sie beschlossen hatte, ihn zu holen und wieder nach Hause zu fahren, musste sie ihn zunächst im Haus suchen.

Schließlich fand sie ihn in der Küche. Er saß zwischen Jürgen und zwei Mädchen auf dem großen Holztisch. Sie spielten irgendein Spiel, bei dem es darum ging, viel zu trinken und nach und nach Kleidungsstücke abzulegen. Gerade half er einer der schlanken Blondinen dabei, sich aus ihrer Bluse zu schälen.

Natürlich hatte sie übertrieben reagiert.

Sicher hatte nicht das Mädchen Schuld an dieser Situation,

aber sie hatte nur noch rotgesehen. War in die Küche gestürmt und hatte das Mädchen laut schreiend vom Tisch gestoßen. Die anderen drei waren erschrocken aufgesprungen. Er hatte sie entsetzt angesehen.

Das halb nackte Mädchen lag weinend auf dem Boden und hielt sich den Kopf. Zu betrunken, um aufzustehen. Jürgen hatte sich als Erster gefangen. Sie angeschrien, ob sie eigentlich noch ganz dicht sei, was für ein Problem sie eigentlich habe und dass sie sich verpissen solle aus seinem Haus.

Still war sie gegangen.

Er war ihr gefolgt.

Ohne ein Wort waren sie in den Wagen gestiegen. Er hatte den Kopf gegen die Fensterscheibe gelehnt und die Augen geschlossen. »Fährst du mich bitte nach Hause?«, war das Einzige, was er gesagt hatte.

Später, allein in ihrer Wohnung, hatte sie kurz geweint. Nur kurz. Sie hatte keinen Fehler gemacht.

Sie wollte ihn für sich allein und es war besser, wenn er das wusste. Und die anderen auch.

EINUNDZWANZIG

Lewe hatte die Bodenluke sehr vorsichtig angehoben. »Still, Albert. Du musst ganz ruhig sein.« Der Hund leckte ihm die Hand und schien verstanden zu haben. Er hatte aufgehört zu knurren.

Lewe hörte eine Männerstimme unten an der Tür. Und eine Frau, die antwortete. War seine Mutter doch inzwischen zurück? Aber warum hatte sie die Terrassentür aufgebrochen und nicht einfach den Ersatzschlüssel genommen. Unter der Klönbank vor der Haustür hing der.

Was gesprochen wurde, konnte Lewe von hier oben nicht hören. Und er war auch nicht sicher, dass die Frau wirklich seine Mama war.

Er kletterte die Falltreppe herab und schloss die Dachluke behutsam. Sein Versteck würde er geheim halten.

Auf Zehenspitzen schlich er zur Tür des Schlafzimmers, die nur angelehnt war. Von hier aus konnte er jetzt ganz genau hören, was gesprochen wurde.

»Also, dann entschuldigen Sie die Störung und lassen Sie mich wissen, wenn ich etwas tun kann.« Eine dunkle Männerstimme.

»Natürlich.« Das war die Frau. »Es ist gut zu wissen, dass Sie Ihre Arbeit so ernst nehmen, da fühlt man sich wirklich sehr beschützt. Und danke, dass Sie hier waren.«

»Man macht nur seinen Job.«

Die Haustür fiel ins Schloss.

Lewe hörte die Frau laut seufzen, dann bewegten sich Schritte in Richtung der Treppe.

»Ich muss ihn beschützen. Wenn ich nicht da wäre, wer würde sich dann um ihn kümmern? Er will ihm nur schaden, das muss ich verhindern …«

Lewe kannte die Frau nicht und er begriff nicht, was sie wollte und über was sie da redete. Er fand das ganz schön gruselig, dass sie sich selber so komische Sachen erzählte.

Ganz sicher war das nicht seine Mutter.

Sie war am obersten Treppenabsatz angekommen und schaute sich suchend um. Noch stand sie mit dem Rücken zum Schlafzimmer und zu Lewe. Deshalb konnte er das große Messer, das sie hinter ihrem Rücken in der Faust hielt, deutlich sehen.

So schnell und so leise wie möglich schlich er wieder in sein Versteck zurück.

ZWEIUNDZWANZIG

Bendix hatte im ICE nach Köln einen der letzten Sitzplätze bekommen. Die Frau neben ihm verzog angeekelt ihr gepudertes Näschen, als er sich neben ihr auf dem Fensterplatz niederließ. Wahrscheinlich roch er inzwischen nicht mehr ganz so frisch wie nach der letzten Dusche in Amerika, war ja auch ein paar Stunden her. Er warf einen Blick auf die Uhr. Kurz nach sechs.

Vor neun Stunden war er gelandet, der lange Flug steckte ihm in den Knochen. Weil sein Koffer dank der Sicherheitsleute, die ihn vor die Tür gesetzt hatten, immer noch in Heathrow stand, hatte er keine Kleidung zum Wechseln.

Aber das war jetzt alles nicht wichtig.

Noch eine Stunde bis Köln, gut sieben bis zum Haus seiner Mutter.

Sieben Stunden!

Bendix hatte keine Ahnung, wie er das schaffen sollte.

Immerhin hatte er Thoddie erreicht, der zwar etwas gemault, dann aber versprochen hatte, am Bahnhof in Niebüll auf ihn zu warten und ihn zum Deich zu fahren.

Für einen Moment hatte Bendix nach dem Telefonat mit sich gerungen: War es nicht doch besser, Thorsten gleich zum Haus seiner Mutter zu schicken, um nach Lewe zu sehen?

Aber dann hatte er seine Mailbox abgehört.

»Sie müssen sich keine Sorgen machen, die Verwandte Ihrer Frau ist bei Ihrem Sohn. Ich war am Haus Ihrer Mutter und die Dame hat mir selbst geöffnet und bestätigt, dass es keine Probleme gibt. Ihr Sohn hat süß und selig geschlafen. Es ist also alles in Ordnung.«

Die Nachricht des Polizisten klang entspannt und beruhigend. Bendix war erleichtert.

Für einen Moment.

Hatte der Dorfbulle sich verwählt?

Meinte er einen anderen Vater?

Von was für einer Verwandten sprach Behrend?

Bendix hatte nur noch seine Mutter in Nordfriesland.

Seine Tante, Gretes Schwester, war nach dem Krieg mit ihrem Mann nach Amerika ausgewandert und lebte mitsamt ihren unzähligen Kindern und Enkeln in Florida. Seit sie dort eine Schokoladenfabrik gegründet hatte und sehr erfolgreich betrieb, bewohnte die Familie eine Villa in St. Petersburg und war vor über zehn Jahren das letzte Mal bei einem Steensen-Familientreffen in Deutschland gewesen.

Er selbst war ein Einzelkind, genau wie sein Vater eines gewesen war.

Insas Familie war in ganz Deutschland, vor allem in Bayern verteilt. Seit ihre Eltern gestorben waren, wohnte niemand mehr in Nordfriesland. Von welcher Verwandten hatte der Polizist also gesprochen?

Statt der erwarteten Nachricht von Lewe und der erhofften von Insa war lediglich Behrends Anruf auf der Mailbox.

Er musste schlafen.

Aber dazu musste er erst einmal Ruhe finden.

Bendix wählte zunächst die Nummer von Lewe, aber hier

sprang, ebenso wie bei Insa, sofort die Mailbox an. Also versuchte er es in Rodenäs bei dem Dorfbullen.

»Behrend.«

»Herr Behrend, Bendix Steensen noch mal. Ich habe eben Ihre Nachricht abgehört.« Bendix stand auf und stolperte unter den missbilligenden Blicken der Mitreisenden über Taschen und Koffer aus dem Abteil.

»Moin. Ja, scheint alles prima mit Ihrem Lütten. Hab ich ja gleich gesagt, dass Sie sich keine Sorgen machen müssen.«

»Ich weiß, das kommt Ihnen vielleicht alles etwas seltsam vor, aber ich müsste mal wissen, was genau für eine Verwandte das denn war, die da bei meiner Mutter die Tür geöffnet hat.«

»Äh, warten Sie mal, die Frau hat gesagt, sie sei eine Cousine, und Ihre Frau habe sie gebeten, auf das Kind aufzupassen. Jo, das hat sie gesagt.«

»Aber wir haben überhaupt keine Verwandten in Nordfriesland. Wessen Cousine soll denn das gewesen sein?« Bendix hörte selbst, wie heftig und aggressiv seine Antwort ausfiel.

»Jetzt mäßigen Sie sich mal.« Der Polizist wurde ebenfalls laut. »Erst wollen Sie unbedingt, dass ich zu Ihrem Sohn fahre. Dann geh ich gucken und nun ist das auch nicht richtig. Ich hab hier noch ein paar andere Sachen zu tun, wissen Sie? Was meinen Sie denn, wer das war? Der Rote Rudi, verkleidet als nettes Cousinchen?« Das Lachen des Dorfpolizisten polterte durch den Hörer.

Bendix überlief eine Gänsehaut. »Roter Rudolf?«

Es gab eine Sage, die die Alten gern erzählten, vom Massenmörder Rudolf, der in Vollmondnächten aus der Nordsee stieg, um einsame Frauen zu entführen und zu meucheln. Wegen seiner roten Locken hatte man ihm den Namen »Roter Rudi« gegeben.

»Hatte die Frau, die Ihnen die Tür geöffnet hat, rote Haare?«

»Na, sehen Sie, jetzt wissen Sie doch, wen ich meine.« Der Polizist klang erleichtert. Raschelte mit Papier. »Warten Sie mal, ich habe mir irgendwo auch ihren Namen aufgeschrieben. Moment, die hieß Bunte oder Büting oder so. Da ist alles in Ordnung, ich hab die Papiere geprüft. Ja, hier ist es. Bühler hieß die.«

»Bühler?«

»Genauuu. Sehen Sie, gibt gar keinen Grund, mich so anzuschreien, ist alles in bester Ordnung mit Ihrem Sohn.«

»Der Name sagt mir gar nichts.«

»Henrike Bühler, wohnt in Norderstedt, steht hier, hab ich mir alles genau aufgeschrieben.«

Bendix wurden die Knie weich.

Henrike!

Rote Haare.

Bitte nicht Henrike!

Diese Person war das allerletzte Wesen, das er sich in der Nähe seines Sohnes wünschte.

»Hören Sie, Sie müssen unbedingt zurück zum Haus fahren. Holen Sie meinen Sohn da raus! Glauben Sie nichts von dem, was die Frau Ihnen erzählt, holen Sie mein Kind. Sofort!«

Die Gäste im Abteil starrten alle zu ihm heraus.

»Versprechen Sie mir, dass Sie Lewe aus dem Haus bringen, ich rufe den Notruf an und die Bundespolizei oder wen man sonst noch um Hilfe bitten kann!«

Der Schaffner kam den Gang entlang und machte ihm ein Zeichen. Natürlich war er laut geworden.

Henrike!

»Nun beruhigen Sie sich erst mal. Wenn Sie unbedingt wollen, dann fahre ich noch mal hin, aber Sie müssen sich wirklich keine Sorgen machen, die Frau wirkte weder geistesgestört noch fremd im Haus, sie –«

»Jetzt! Fahren Sie sofort wieder da hin!«

»Ja, ja. Schon in Ordnung.« Der Polizist gab seinen Widerstand auf. »Ich bin schon so gut wie auf dem Weg.«

»Und dann rufen Sie mich wieder an?«

»Ja, natürlich, der Herr, dann rufe ich Sie umgehend wieder an.«

Bruno Behrend legte den Hörer auf und seufzte. »Meine Güte, der Mann hat entweder irgendetwas eingeworfen oder der ist einfach fertig von seiner Reise.« Er schüttelte den Kopf und nahm sich ein weiteres Brötchen aus der Tüte.

»Nach müde kommt blöd, sagst du doch immer.« Karin reichte ihm die Butter und schenkte Kaffee nach. »Das ist ja auch mal was ganz Neues, dass der seine Mutter besucht.«

»Noch ist er ja nicht da.«

»Ich kann mich nicht erinnern, jemanden mit roten Haaren bei Grete gesehen zu haben.« Beim Nachdenken bildete sich auf Karins Stirn eine tiefe Falte. »Die einzige Rothaarige, die ich in den letzten Monaten gesehen habe, ist die, die die Ferienwohnung über dem Laden gemietet hat. Und auch nur von hinten. Aber wenn die 'ne Cousine ihrer Schwiegertochter wär, dann würde sie doch bei Grete übernachten. Die hat ja nun wirklich genug Platz in ihrem großen Haus.«

»Ne, das macht wohl alles keinen Sinn.«

»Dor hest du die jo wedder 'n schöne Schiet inhannelt.«

Wenn seine Frau richtig ungnädig wurde, dann fiel sie gern ins Plattdeutsche. »Nu schasst du glix wedder los un ik kun mi alleen um de dore Holt kümmern. Dat hett mi just no fehlt, ik heff ja ok sonst nix to dohn.« Sie stand auf und begann, den Tisch abzuräumen, obwohl Bruno noch gar nicht fertig gegessen hatte.

Er konnte ihren Ärger ja verstehen, er hatte fest versprochen, heute das angelieferte Feuerholz zu spalten und zu stapeln. Für die kommenden Tage war weiterer heftiger Schneefall vorhergesagt und das Brennholz musste ins Trockene.

Karin setzte sich wieder ihm gegenüber an den Tisch, griff nach einer Scheibe Mortadella, rollte sie auf und steckte sie in den Mund. Bruno unterdrückte ein Schaudern.

Karin kaute und schaute ihn fragend an. »Was ist denn eigentlich passiert, als du da warst? War Grete auch schon wieder zu Hause?«

Bruno schüttelte den Kopf. »Nein, war sie nicht. Nur diese Frau, Henrike Bühler.«

Karin kaute, schluckte und guckte erschrocken. »Henrike heißt die? Das ist die Rothaarige?«

»Kennst du die?«

»Keine Ahnung, ob das die ist, aber Bendix hatte mal eine Freundin, früher, als er noch hier gewohnt hat. Die hatte rote Haare und hieß Henrike. Vielleicht ist das dieselbe? So oft kommt der Name ja auch nicht vor. Schlimme Geschichte damals, haben alle drüber geredet.«

Bruno griff nach seiner Mütze und beneidete seine Frau mal wieder um ihr Personengedächtnis. Wenn er nur halb so gut darin wäre wie sie, sich Gesichter und Namen zu merken, dann wäre er wahrscheinlich längst wieder in Hamburg, vielleicht beim LKA, und nicht mehr Dienststellenleiter in Rodenäs mit Wache neben dem Wohnzimmer. »Und?«

»Und was?«

Manchmal wollte Karin gebeten werden. »Was ist mit der? Was ist das für eine schlimme Geschichte gewesen?«

»Ich kann mich nicht mehr so genau an alle Einzelheiten erinnern, aber es wurde damals mächtig geredet, als Bendix von hier wegging. Soll mit dieser Henrike zu tun gehabt haben. Die war wohl ziemlich hinter ihm her und angeblich …«, Karin malte mit den Fingern Anführungszeichen in die Luft, »also, man sagt, die wollten sogar heiraten. Aber dann ist irgendetwas passiert und Bendix ist zum Studium weg aus Nordfriesland«, sie machte eine bedeutungsschwangere Pause, »und ward nicht mehr gesehen. Einfach abgehauen. Riesendrama soll das gewesen sein. Das Mädchen todunglücklich und kurz vor dem Selbstmord. Aber Grete hat mal angedeutet, dass sie Henrike sowieso nicht leiden konnte. Die hat sie auch mal rausgeschmissen, irgendwann, als Bendix zu Besuch da war. Worum es dabei ging, habe ich aber vergessen.«

Neben ihrer Fähigkeit, sich Namen zu merken, hatte Karin auch ein Talent für Dramatik. Sie las leidenschaftlich gern die Horrorgeschichten in Zeitschriften: eingeschlagene Köpfe bei Ehepartnern, Körperteile, die in Gefriertruhen gefunden wurden, und im Keller gefangene Freundinnen.

»Meinst du, das könnte *die* Henrike sein?« Karin legte ihr Besteck auf den Teller und stellte den Teebecher darauf, dass es schepperte. »Ob die immer noch befreundet sind? Vielleicht hat Bendix mit der ein Verhältnis und deswegen ist auch seine Frau abgehauen!«

Bruno sah sie fragend an, bis ihm dämmerte, was ihm so

seltsam vorgekommen war. »Wieso war es im ganzen Haus dunkel, als ich da war? Und wieso schläft der Junge mitten am Tag?« Er kaute und kam sich ziemlich clever vor.

»Ach, Bruno. Dafür gibt es doch nun wirklich eine ganz einfache Erklärung. Hast du nicht gesagt, du hast länger klingeln müssen, bis sie zur Tür gekommen ist? Vielleicht hat die Frau auch ein Mittagsschläfchen gemacht, und deshalb war kein Licht an. Ich weiß nicht, was daran so besonders sein soll.« Karin stand auf, nahm den leeren Brötchenkorb mit an die Spüle und schüttelte die Krümel aus der Serviette. »Ich verstehe sowieso deine ganze Aufregung nicht. Für mich sieht das nach einer ganz klassischen Betrugsgeschichte aus. Habe ich dir ja von Anfang an gesagt.«

»Und woher willst du das wieder so genau wissen?« Bruno war knurrig. Er hatte es nicht besonders gern, wenn seine Frau seine Theorien und besonderen Bauchgefühle in Grund und Boden redete. »Müsste der Mann nicht etwas davon gemerkt haben, wenn seine Frau abhaut? Und dann nicht etwa ihren Sohn, sondern ihre Schwiegermutter mitnimmt? Und würde er ausgerechnet die Polizei anrufen, wenn sein Verhältnis bei ihm zu Hause ist und er sich da mit ihr verabredet hat? Damit ich deren Personalien kontrolliere? Das ist doch peinlich!« Bruno schüttelte den Kopf. »In einem Kaff wie diesem, wo ihm klar sein muss, dass die Geschichte spätestens Sonntag nach der Kirche die Runde macht? Noch dazu, wenn die alle hier aufgewachsen sind? Also auch die neue Flamme. Die vielleicht sogar die alte Flamme ist.«

Karin räumte nach und nach Marmelade, Margarine, Wurst und Käse in den Kühlschrank, während sie ihrem Mann ihre Gedanken erläuterte. »Wenn eine Frau mit ihrem Mann nichts mehr zu tun haben will, dann wird sie ganz sicher nicht Plakate aufhängen, um ihren Abschied anzukündigen. Denk doch mal nach! Die verschwindet in aller Ruhe erst mal zu ihrer Schwiegermutter. Die beiden haben sich immer schon prima verstanden. Frag mal Hauke, die zwei waren ja öfter zusammen bei ihm einkaufen. Immer ein Herz und eine Seele. Wenn du mal überlegst, wie oft Bendix mit war, um seine Mutter zu besuchen, dann ist doch schon klar, dass da einiges schiefgelaufen ist in dieser Beziehung. Meistens ist Insa mit dem Jungen alleine hier. Vielleicht redet Bendix seit Jahren nicht mehr mit seiner Mutter, weil er ihr immer noch nachträgt, wie sie damals mit seiner Freundin umgesprungen ist. Wir wissen doch gar nicht, was sich da möglicherweise für Dramen abgespielt haben.« Ihre eigene Mutter hätte Karin vermutlich für ein ordentliches Drama auch verkauft.

»Also daran, dass der nicht so oft hier ist, kann man ja wohl überhaupt gar nichts ablesen. Ich mache auch lieber einen großen Bogen um deine Mutter, wenn ich kann.« Bruno nahm noch einen Schluck Kaffee, auch um hinter dem großen Becher dem finsteren Blick seiner Frau auszuweichen.

»Das ist doch wohl etwas vollkommen anderes. Meine Mutter hat dich noch nie rausgeworfen. Obwohl ich verstehen kann, dass sie langsam schlecht auf dich zu sprechen ist, weil du schon seit Jahren davon redest, die Löcher in ihrer Auffahrt mit Kies aufzufüllen, und es immer wieder vergisst. Und nun lass mich doch erst einmal zu Ende erzählen, was ich denke, was passiert ist.« Sie sah ihn abwartend an und fuhr erst fort, als er zustimmend nickte. »Also, noch mal zusammengefasst: Ich glaube, die will sich trennen und ist deshalb mit ihrem Sohn hierher zu Grete gekommen. Und weil ihr Mann seine Mutter offenbar nicht so sehr ins Herz geschlossen hat, kann sie sicher sein, dass der nicht hinterherkommt. Vielleicht hatte der Streit mit seiner Mutter wegen irgendetwas und sie reden nicht mehr miteinander. Ganz sicher hat sie ihr Handy schon ausgeschaltet, als sie in Hamburg losgefahren ist. Vielleicht hat sie ihre Schwiegermutter und den Jungen genommen und macht sich ein paar ganz entspannte Tage auf Sylt oder Föhr, um sich von der Nordseeluft mal richtig die Birne freipusten zu lassen. Gedanken ordnen und so. Die meldet sich schon wieder, wenn sie genug nachgedacht hat.«

»Das erklärt aber immer noch nicht die fremde Frau im Haus von Grete Steensen.«

Karin, die damit begonnen hatte, Wasser ins Spülbecken laufen zu lassen, nahm ihre schaumigen Hände aus dem Becken, stützte sie in die Hüften und drehte sich zu ihrem Mann um. »Hörst du mir eigentlich zu?«

Bruno nickte zaghaft, beharrte aber darauf, dass sein Bauchgefühl nicht unbeachtet bleiben sollte. Da war etwas nicht so gewesen, wie es sein sollte.

»Wenn es so ist, wie ich sage, warum sollte sie ausgerechnet einem Dorfbullen, den sie nicht kennt, diese ganze Geschichte auf die Nase binden, hä?« Karin ließ mit einem Schwung das Besteck ins Becken rutschen. Das war ihre Art, die Diskussion für beendet zu erklären.

Bruno musste zugeben, dass ihre Erklärungen durchaus eine gewisse Logik hatten. Er trank den letzten Schluck Kaffee aus seinem Becher und stand auf, um die wenigen Schritte in sein Büro zu gehen. Er würde einfach später noch einmal zum Haus fahren und mit der Frau sprechen, so eilig konnte das ja nicht sein. Was für eine Gefahr sollte auch schon von einer jungen Frau ausgehen. Erst einmal musste er sich um den Einbruch im Kiosk in der Bahnhofstraße kümmern. Und um das Feuerholz.

Das Telefon klingelte auch schon wieder.

Immer wollte irgendwer etwas von ihm.

HENRIKE

Wenn man verliebt ist, richtig verliebt, dann hat man keine Zeit mehr. Keine Zeit für Freundinnen, für Sport oder andere Hobbys.

Jede freie Minute ist nur für ihn reserviert.

Weil es das Schönste ist, zusammen zu sein.

Weil es nichts Besseres gibt.

Weil man nichts anderes will.

Das kennt doch jeder.

Jeder, der dieses Herzklopfen, dieses Blutrauschen in den Ohren, diese unglaubliche Freude selbst erlebt hat.

Carola wollte das nicht verstehen.

Immer wieder musste sie Gespräche wie diese aushalten. »Wir haben uns nun schon seit Wochen nicht mehr gesehen. Du wirst doch wohl mal Zeit für einen Kaffee haben?«

»Für heute Abend haben wir eine DVD ausgeliehen und morgen wollen wir zusammen kochen.«

»Henrike, ich bin es. Deine beste Freundin.«

»Es geht wirklich nicht.«

»Und wie stellst du dir vor, soll das weitergehen? Ich meine, was ist denn zum Beispiel, wenn ihr euch trennt und dann …«

»Wieso sollten wir uns denn trennen?« Es war ihr nicht gelungen, den verächtlichen Unterton zu unterdrücken.

»Ich wollte damit ja auch nur sagen, dass es vielleicht sein könnte, dass du auch mal eine Freundin brauchst, dass du möglicherweise in eine Situation gerätst, in der du dann lieber mit mir als deiner besten Freundin sprechen willst statt mit ...«

»Was sollte das denn wohl für eine Situation sein?« Sie war kurz davor gewesen, den Hörer einfach aufzulegen. »Mit ihm kann ich über alles reden. Er liebt mich. Er hat Verständnis, wenn ich mal danebenliege mit meinen Reaktionen, und ich muss mich nicht ständig erklären. Ich weiß ja, dass du noch nie jemanden hattest, in den du so verliebt warst. Und mir ist auch klar, dass für Außenstehende sehr schwer zu begreifen ist, wie das bei uns ist. Aber wenn du so viel Wert darauf legst, dass wir Freundinnen sind, dann hörst du vielleicht auf, neidisch zu sein, und gönnst mir mein Glück ganz einfach.«

»Aber das tue ich doch!« Carola war kurz davor gewesen, in Tränen auszubrechen. »Ich mache mir nur Sorgen um dich.«

»Das ist nicht nötig.«

»Doch, das ist es. Du steigerst dich immer maßlos in so eine Beziehung, hängst mit all deinen Gefühlen drin, und wenn es dann aus irgendeinem Grund nicht funktioniert und der Typ dich hängen lässt, dann ...«

»Carola, noch mal zum Mitschreiben: Dieses Mal ist es anders. Dieser Mann ist mein Seelenmensch, wir sind füreinander gemacht. Ich werde nie wieder einen anderen lieben, einfach weil wir uns nicht trennen werden. Ich werde nie wieder ...«

»Das kann doch unmöglich dein Ernst sein, du bist nicht einmal zwanzig. Du weißt nicht, wo er studieren wird und ob du dann in derselben Stadt einen Job findest. Du weißt doch heute nicht, ob du in zwei oder zwölf Jahren noch genauso denkst. Du hast doch noch gar nichts von der Welt gesehen.«

»Willst du jetzt auch noch meine Mutter sein?«

Da hatte Carola aufgelegt.

Und sich nicht wieder gemeldet.

Nicht an diesem Tag und auch nicht am nächsten oder übernächsten.

Sie hatte sie einige Wochen später im Bistro getroffen. Zusammen mit einer ehemaligen Klassenkameradin. Carola hatte ihr zugenickt, das war alles.

Aber es war ihr egal.

Sie hatte ohnehin keine Zeit.

DREIUNDZWANZIG

Insa streichelte Grete sanft über die Wange, die Haare, die Stirn. Ihre Haut war immer noch ganz warm.

»Ach, Grete, es tut mir so leid.« Die Tränen kamen wieder.

Sie bettete den Kopf ihrer Schwiegermutter auf einen Stapel alter Lappen. Schnäuzte sich in einen davon.

Den alten Pullover hatte sie über ihren Anorak geworfen. Es war kälter und immer kälter geworden. Wenigstens waren die Schmerzen in Arm und Bein nicht mehr so schlimm.

Sie hatte kein Handy, kein Essen und keine Orientierung.

Insa hatte jeden Winkel der Scheune abgesucht, aber weder ihre eigene noch die Handtasche ihrer Schwiegermutter war irgendwo versteckt gewesen.

Derjenige, der sie beide hier abgeladen hatte, hatte sehr genau gewusst, was er tat, und verhindert, dass sie auf irgendeine Weise Kontakt zur Außenwelt aufnehmen konnten.

Insa stand auf und warf einen letzten Blick auf ihre Schwiegermutter.

Sie musste die Tür des Schuppens mit sehr viel Kraft gegen den Wind aufdrücken.

Schneeflocken. Viele. Keine zarten, schaumähnlichen Gebilde, sondern nasse, dicke Flocken. Wie eine weiße Wand. Dicht und undurchsichtig. Jede Bö wie ein Schlag ins Gesicht.

Es war inzwischen fast dunkel geworden. Ab und zu schien eine blasse Sonne durch die tief hängenden dunklen Wolken, malte finstere Schatten auf den Boden. Ließ den Schnee kurz glitzern.

Keine Orientierungspunkte, an denen sie abschätzen konnte, wo sie gelandet war. Sie musste sich genauer umsehen, feststellen, ob es irgendeinen Anhaltspunkt gab.

Nur der schmale Weg, der vom Schuppen weg ins Nirgendwo führte, war noch deutlich zu erkennen. Es gab Spuren von Tierpfoten, vermutlich von Kaninchen, und tiefe Pfützen, in denen der Schnee zum Teil geschmolzen war.

Insa ging um den Schuppen herum und stolperte beinahe über Unebenheiten unter den Schneewehen. Alte Steine, Pflaster oder eine ehemals befestigte Straße?

Eine gerade Linie Steine, noch eine.

Seitlich lag ein Stapel Holz. Altes Holz. Zum Teil verbrannt.

Natürlich, das Feuer auf dem alten Kartoffelhof! Das Haus war vor Jahren bis auf die Grundmauern niedergebrannt und im Dorfladen war wochenlang darüber spekuliert worden, ob es sich bei dem Feuer um einen »heißen Verkauf« gehandelt hatte. Ob also der Bauer pleite war und sich an der Versicherungssumme sanieren wollte. Letztendlich hatte man dem Bauern nichts nachweisen können, er hatte den Hof aber nie wieder aufgebaut, sondern das Land an die Gemeinde verkauft und war ausgewandert. Die einen erzählten von seinem neuen Leben auf Mallorca, die anderen wollten wissen, dass der alleinstehende Mann eine Frau kennengelernt hatte und mit ihr nach Süddeutschland gegangen war.

Insa war in diesem Moment egal, wohin es den Mann verschlagen hatte. Wenn das hier wirklich der alte Hof des

Kartoffelbauern war, dann hatte sie jedenfalls eine ungefähre Ahnung davon, wo sie sich befand.

Nicht allzu weit entfernt vom Haus ihrer Mutter.

Bei einem ihrer Ausflüge waren sie mit dem Auto hier vorbeigefahren. Insa erinnerte sich, dass es nach Niebüll nur wenige Kilometer gewesen waren. Aber wie weit war es tatsächlich?

Noch dazu ohne Auto?

Was, wenn der Entführer zurückkam?

Möglicherweise war der Plan gewesen, sie beide zu töten? Aber wieso?

Wer sollte einen Grund haben, Grete etwas Böses anzutun? Der liebsten aller Schwiegermütter. Grete war immer für alle da, kümmerte sich um die, die Hilfe brauchten. Dachte immer zuerst an die anderen.

Wer also war so wütend auf sie, dass er sie niederschlug und hierherbrachte?

Wen kannte sie in München? Oder war der Unfallgegner tatsächlich ein Urlauber, der sich nicht auskannte und auf den verschneiten Straßen ins Trudeln geraten war? Mietwagen hatten doch oft Münchner Kennzeichen. Aber warum hatte er sie dann noch zusätzlich auf den Kopf geschlagen? Das passte doch alles nicht zusammen.

Sie fand keine Erklärung, sosehr sie auch grübelte. Sie wünschte, dass ihr Mann hier wäre, um ihr zu helfen und sie zu beschützen.

Insa tröstete sich mit dem Gedanken, dass Lewe und Bendix irgendwann beginnen würden, sie und Grete zu suchen.

Grete.

Sie durfte jetzt nicht darüber nachdenken, woran Grete gestorben war.

Ob sie etwas hätte tun können.

Ob sie etwas hätte lassen sollen.

Sie musste erst einmal nach Hause.

Wenigstens bis zur nächsten Straße gehen und dort nach einem Auto Ausschau halten. Es gab doch kaum noch einen Menschen, der ohne Handy unterwegs war.

Insa spürte die Müdigkeit mit voller Wucht zurückkehren, sie lehnte sich an die raue, kalte Holzwand und schloss die Augen.

In ihrem Kopf pochte es immer noch, aber die Schmerzen in der Schulter und im Bein waren auszuhalten. Am meisten taten die Erinnerungen an Grete weh. An ihren unverzeihlichen, nicht mehr rückgängig zu machenden Fehler.

Schneeflocken, dick und weiß, fielen sacht auf den Boden. Bildeten eine undurchdringliche Decke. An manchen Stellen vom Wind zu kleinen Wehen zusammengeschoben.

Nur für einen kleinen Moment noch ausruhen, dachte sie.

VIERUNDZWANZIG

Lewe hörte die Schritte in seine Richtung kommen, als er die Tür zum begehbaren Kleiderschrank öffnete. Ihm brach der Schweiß aus.

Vielleicht sollte er sich doch lieber schnell zwischen den Mänteln verstecken?

Albert knurrte. Das war viel zu viel Lärm. »Pssst. Du musst sehr leise sein, Albert.«

Auf jeden Fall würde es Krach machen, wenn er die Falltreppe wieder auszog. Ein Schritt zwischen die Kleiderbügel war leiser.

Andererseits war die Frau irgendwie ins Haus gekommen, obwohl er alles so gut abgeschlossen und verriegelt hatte. Also wäre ein gutes Versteck wohl doch die bessere Lösung.

Die Schritte kamen näher. Was wollte die mit einem Messer?

Wahrscheinlich war es jetzt sowieso schon zu spät, um die Leiter auszuziehen.

Doch was hatte er für eine Wahl?

Vielleicht würde die Frau einfach wieder verschwinden, wenn sie ihn nicht finden konnte.

Er streichelte Albert, der inzwischen leise vor sich hin winselte.

Lewe griff entschlossen nach dem Stock für die Luke und versuchte, ihn einzuhaken. Seine Hände waren jetzt schweißnass und sein klopfendes Herz machte es nicht gerade einfacher, die kleine Öse zu treffen.

Die Schritte vor der Tür schienen sich wieder zu entfernen. Vielleicht durchsuchte die Frau zunächst die anderen Räume hier oben.

Jetzt hatte er den Stock eingehakt. Lewe zog langsam und vorsichtig die Luke nach unten, löste die Verriegelung und griff nach der Leiter, die ihm entgegenrutschte. Er nahm Albert auf den Arm und so schnell und so leise, wie er konnte, kletterte er auf den Dachboden. Dann zog er die Leiter nach oben und die Luke vorsichtig hinter sich zu.

Er setzte sich auf den Bretterboden und atmete tief durch. Sein Herz pochte immer noch heftig.

Albert kam und leckte ihm die Hände ab. Er setzte sich vor ihn hin und kläffte.

Längst schon hätte er Gassi gehen müssen mit dem Hund.

»Albert, wir müssen noch abwarten. Wenn die Frau wieder weg ist, dann gehen wir noch mal raus, ja?« Er flüsterte und streichelte das warme schwarze Fell.

Von unten war nichts zu hören.

Langsam einatmen, langsam ausatmen.

Das hatte der Sportlehrer, Herr Richter, immer gesagt, wenn eines der Mädchen nach dem Wettrennen vor Anstrengung fast umgefallen war.

Einatmen und ausatmen.

Lewe fühlte sich sicher hier oben und von der Frau war nichts zu hören. Vielleicht würde sie nicht einmal in den Kleiderschrank gucken. Und wenn doch: Die Luke war wirklich nicht einfach zu erkennen, gleich daneben war die Deckenleuchte angebracht und die war so hell, dass man zunächst geblendet wurde, wenn man in dem Schrank nach oben sah.

Albert jaulte und tapste über den Dachboden. An einem Karton in der Ecke hob er das Bein.

»Albert! Spinnst du? Mann, das gibt Ärger mit Oma. Du kannst doch hier nicht einfach alles vollpinkeln.« Lewe stand auf und zerrte den jaulenden Hund von dem Karton weg. »Ist ja gut. Ich weiß schon, dass man es manchmal fast nicht mehr aushält. Aber ich müsste auch mal aufs Klo und halte es auch aus.«

Immerhin war Albert jetzt wieder ruhig.

Lewe überlegte, ob er die Polizei anrufen sollte oder seinen Vater. Er zog sein Telefon aus der Hosentasche und schaute auf das Display.

Es war schwarz.

Auch nach mehrfachem Drücken auf den On-off-Knopf änderte sich daran nichts.

Der Akku war leer.

Also musste er raus aus dem Haus, um Hilfe zu holen, bevor die Frau mit dem Messer ihm wehtun würde.

Er nahm sich vor, abzuwarten, bis die Frau das Haus wieder verlassen hatte. Dann würde er hinunterklettern und versuchen zu verschwinden. Auf Papa zu warten, das würde zu lange dauern, befand Lewe.

Er horchte noch einmal nach unten. Nach wie vor alles still. Vielleicht war die Einbrecherin schon gegangen? Hatte sich überall umgesehen, die Schränke durchsucht und Schubladen aufgezogen, festgestellt, dass bei Oma im Haus keine Schätze versteckt waren, und dann war sie einfach wieder gegangen.

Lewe entschloss sich, lieber noch ein paar Minuten abzuwarten. Sicher war sicher.

Außerdem musste er sich für seine Flucht erst einen richtigen Plan zurechtlegen. Er würde Omas altes Fahrrad nehmen. Das stand immer im Schuppen, zwar mit platten Reifen, aber das würde er schon hinbekommen. Und wenn nicht, dann würde er halt einfach auf den Felgen fahren. Albert konnte er in den Fahrradkorb setzen. Hoffentlich funktionierte das Licht noch. Straßenlampen gab es hier draußen bei Oma nicht.

Das Haus von Bauer Vedder lag am nächsten dran, aber die waren alle im Urlaub. Lewe überlegte, wie weit es wohl bis zum übernächsten Bauernhaus war oder ob er lieber gleich Richtung Dänemark radeln sollte. Er versuchte, sich in Erinnerung zu rufen, wo die ersten Häuser von Niebüll lagen.

Egal, das würde er entscheiden, wenn er das Fahrrad startklar gemacht hatte. Er musste auf jeden Fall weg hier. Nach Mama und Oma suchen.

Von unten hörte Lewe die Tür des Kleiderschranks gegen die Wand schlagen. Dann ruckelte jemand an der Luke. Er spürte, wie es warm wurde zwischen den Beinen, und seine Angst war nahezu unerträglich. Er versuchte, sich ganz klein zu machen, und hielt sich die Augen zu. Vielleicht würde sie ihn gar nicht sehen.

Albert fing an, laut zu kläffen.

FÜNFUNDZWANZIG

Noch immer keine Reaktion von Lewe.

Bendix war müde und erschöpft.

Müde war eigentlich ein viel zu kleines Wort für seinen Zustand. Seine Augen brannten und seine Zunge fühlte sich an wie ein Stück Sandpapier, er konnte trinken, so viel er wollte, das trockene Gefühl verschwand einfach nicht.

Er war im Zug in einen wenig erholsamen Schlummer gefallen, hatte aber immerhin den Anschluss geschafft, obwohl der ICE verspätet in Köln eingetroffen war.

Zu seiner Freude hatte er bei seinem Zwischenstopp sogar eine Steckdose in einem Café gefunden und das Handy aufgeladen.

Die Verzweiflung darüber, dass es von seiner Frau immer noch keine Spur gab und dass sein Sohn nun auch nicht mehr erreichbar war, trug obendrein zu seinem schlechten Gesamtzustand bei.

Er hatte mithilfe der Telefonbuch-App, die er sich inzwischen heruntergeladen hatte, die Nummern sämtlicher Nachbarn seiner Mutter herausgesucht und nach und nach abtelefoniert. Bisher ohne Ergebnis.

»Nachbarn« war auch eher eine absurde Bezeichnung, wenn man von Menschen sprach, die mindestens zehn Kilometer entfernt wohnten. Einige hatten sich sogar an ihn erinnert, kannten ihn noch als Kind und begannen gleich eine kleine Plauderei darüber, wo er denn immer stecken würde und warum man ihn so selten zu Hause zu sehen bekäme.

Ganz sicher erinnerten sich auch viele an die alte Geschichte. Es musste ihm egal sein, dass diese Leute vielleicht ein falsches Bild von ihm hatten. Ihn in eine Schublade steckten, in die er nicht gehörte. Seine Mutter hatte damals einiges aushalten müssen. Sich anhören müssen, was für ein treuloser und unzuverlässiger junger Mann er sei, der sich bei der ersten ernsten Herausforderung aus dem Staub machte. Aber so war es gar nicht gewesen. Egal, er musste seinen Stolz herunterschlucken. Nichts auf das alte Gerede geben. Einfach seine Liste abtelefonieren.

Aber niemand hatte etwas von Grete und Insa gesehen oder gehört.

Auch in den Krankenhäusern gab es keine Neuigkeiten. Weder in Niebüll noch in Husum oder Flensburg waren in den vergangenen Stunden Frauen eingeliefert worden, auf die die Beschreibung gepasst hätte. Auch in Tondern, in Dänemark, hatte er ein zweites Mal ergebnislos nachgefragt.

Der Dorfbulle hatte immerhin versprochen, noch einmal zum Haus zu fahren und sich zu vergewissern, dass es Lewe auch wirklich gut ging. Aber so langsam sollte der sich auch mal melden. Es musste doch inzwischen Stunden her sein, dass er mit ihm gesprochen hatte. Sein Zeitgefühl ließ ihn im Stich. Verdammter Jetlag.

Ob es wirklich *die* Henrike war, die in seinem Haus war? Bei seinem Sohn?

Seinem Sohn?

Aber vielleicht hatte der Polizist auch an einer anderen Haustür geklingelt.

Und bei ihm zu Hause war gar keiner.

Vielleicht war Lewe inzwischen längst zu einem der Nachbarn gelaufen oder war zumindest auf dem Weg dorthin. Ja, sicher, es musste sich um eine Verwechslung handeln.

Henrike war nach dem Vorfall in Hamburg vor ein paar Jahren ganz aus seinem Leben verschwunden. Hatte nicht irgendjemand erzählt, sie hätte geheiratet? Also, bitte. Der beste Beweis dafür, dass es sich nicht um seine Henrike handeln konnte. Die lebte wahrscheinlich glücklich und zufrieden in Hamburg, hatte mehrere Kinder und verschwendete keinen Gedanken mehr an ihn.

In Bendix' Hirn ratterte es.

Er wollte glauben, was er dachte. Sich nicht vorstellen, was passieren könnte, wenn er sich täuschte.

Der Zug überquerte gerade irgendeine Brücke. Ein Frachtschiff war in der Ferne zu erkennen. Schneeflocken peitschten an die Scheibe. Elend grau und trostlos war es da draußen.

Endlich ein Freizeichen bei einer von Gretes Freundinnen.

»Sönksen?«

»Guten Abend, mein Name ist Bendix Steensen, ich bin der Sohn von Grete.«

»Moin, Bendix. Ist irgendetwas mit Grete?« Die Stimme der älteren Frau am anderen Ende der Leitung klang besorgt.

»Ich weiß es nicht. Eigentlich rufe ich an, um zu erfahren, wann Sie Grete das letzte Mal gesehen haben.« Er hätte sich gerne diplomatischer ausgedrückt, um die alte Dame nicht noch mehr zu erschrecken, aber dafür war er zu erschöpft.

»Ich? Wann ich Grete …? Also, das war …? Warte mal,

ich meine, wir sehen uns natürlich immer zum Kartenspielen am Montag, aber da war sie ja diese Woche nicht dabei, weil ihre Schwiegertochter und ihr Enkelsohn, also deine Frau und dein Sohn zu Besuch sind, deswegen … Ach, doch, ich habe sie am vergangenen Sonnabend in Niebüll auf dem Wochenmarkt gesehen, am Eierstand.«

»Also am Wochenende? Und danach haben Sie nicht mehr mit ihr gesprochen? Auch nicht am Telefon?«

»Ne, das war das letzte Mal, dass wir geredet haben. Da hat Grete mir auch erzählt, dass ihr zu Besuch kommen wollt. Ist sie denn nicht zu Hause?«

Bendix bemühte sich, seine Enttäuschung zu verbergen. »Nein, zu Hause ist sie leider nicht. Von meiner Frau und meiner Mutter fehlt seit heute früh jede Spur.«

»Und wo ist der Junge?«

»Der müsste im Haus meiner Mutter sein, ich …«

»Was heißt denn ›müsste‹, das ist doch noch ein lütter Bengel, den kann man nicht einfach sich selbst überlassen. Das ist ja unverantwortlich. Und was heißt denn eigentlich, ›es fehlt jede Spur‹? Wir leben doch hier auf dem Dorf, da muss doch irgendwer die beiden gesehen haben. Wo steckst du denn überhaupt, wenn dein Sohn hier alleine ist?«

Natürlich.

Jetzt auch noch Vorwürfe.

»Ich sitze in einem Zug auf dem Weg nach Niebüll und bin seit gefühlten hundert Stunden auf den Beinen. Lewe ist telefonisch nicht erreichbar. Auf dem Festnetz meldet sich niemand im Haus meiner Mutter. Und der Akku seines Handys ist vermutlich inzwischen leer.«

»Ja, dieses neumodische Zeug …«

»Ich habe schon alle Krankenhäuser abtelefoniert, die Ärzte auch, und Sie sind die letzte Freundin, die ich noch nicht gefragt habe, ob sie Grete gesehen hat …« Bendix spürte, wie ihm die Tränen kamen.

»Ach, mein Jung, mach dir mal nicht so einen Kopp. Dat wird schon alles wieder. Bestimmt hat der Lütte das Telefon einfach nicht gehört oder er geht da nicht ran. Das kenne ich von meiner Enkelin auch. Wenn die vor der Glotze sitzen, dann merken die ja gar nichts mehr. Ich muss sowieso gleich zum Turnen nach Niebüll, wenn du willst, dann fahre ich eben bei Grete vorbei und guck mal nach dem Kind.«

»Das würden Sie tun? Und mich dann anrufen?«

Gretes Freundin beteuerte, dass sie sich in spätestens einer Stunde wieder melden würde, und ließ sich Bendix' Handynummer durchgeben. Sie versicherte sich dreimal, ob sie auch alle Zahlen richtig notiert hatte.

Erleichtert verabschiedete Bendix sich schließlich von der Frau.

In spätestens sechzig Minuten würde er mit Lewe sprechen können. In gut vier Stunden wäre er in Hamburg. In sechs, vielleicht sieben zu Hause bei seinem Sohn. Und dann würde er sich auch diesen Dorfpolizisten vornehmen und dem ein wenig Dampf unterm Hintern machen, damit die Suche nach Insa und Grete verstärkt wurde.

Da gab es doch Möglichkeiten. Hubschrauber zum Beispiel. Und die Männer vom Technischen Hilfswerk und der Feuerwehr konnte man auch um Hilfe bitten. Die mussten alle mithelfen.

Bendix ließ den Kopf gegen das Fenster sinken und schaute auf die vorbeirauschende Landschaft. Wiesen, abgeerntete Felder, ab und zu ein paar Häuser. Und Schnee.

Er spürte, wie ihm die Augenlider schwer wurden, und kurz bevor er einschlief, blitzte ihm ein Gedanke durch den Hinterkopf, den er bereits während des Telefonats mit Gretes Freundin zu fassen versucht hatte. Aber noch bevor er ihn richtig greifen konnte, war er eingeschlafen.

HENRIKE

Natürlich war sie nervös gewesen. Fast hatte sie sich ein wenig gefürchtet vor diesem Moment.

Aber sie war auch so glücklich. Seit Tagen trug sie das Geheimnis jetzt mit sich herum.

Nur mit sich allein.

Sie hatte keine Mutter, der sie das Herz ausschütten konnte. Keine Freundin war da, mit der sie das Glück und auch die kleinen Bedenken teilen konnte.

Aber sie hatte es so sehr gewollt. Deshalb war da mehr Freude als Sorge.

Den Test hatte sie in der Drogerie in Flensburg besorgt. Weit weg von zu Hause, damit niemand sie darauf ansprechen konnte. Schließlich wusste sie, wie schnell im Dorf geredet wurde.

Im kleinen Schrank im Badezimmer, hinter den Rollen Toilettenpapier hatte sie die Packung versteckt, damit sie ihm nicht versehentlich in die Hände fiel, bevor es so weit war.

In der Praxis hatte sie sich krankgemeldet, nachdem sie das Ergebnis hatte.

Sie brauchte Zeit, um sich an den neuen Gedanken zu gewöhnen und um Pläne zu schmieden, sich die Zukunft auszumalen. Eine gemeinsame Zukunft als Familie.

Sie war so aufgeregt und so glücklich.

Aber dann hatte er ganz anders reagiert, als sie es erwartet hatte. Er war ein ganz anderer Mensch gewesen als in den Wochen zuvor.

»Wie stellst du dir das denn vor mit einem Kind? Ich hab gerade erst mein Abi gemacht!«

»Aber du hast doch immer gesagt, zusammen schaffen wir alles. Du kannst doch trotzdem studieren. Ich suche mir einen Job in einer Zahnarztpraxis in Kiel oder Flensburg oder wo auch immer du hingehen willst.«

Er hatte sich neben sie auf das Sofa gesetzt und ihre Hände genommen, war still geworden. »Weißt du, ich verstehe ja, dass du Sehnsucht nach einer Familie hast. Wenn man seine Eltern so früh verliert wie du, noch dazu durch einen Unfall, so vollkommen aus dem Nichts, dann kann man wahrscheinlich gar nicht anders, als so schnell wie möglich eine eigene Familie haben zu wollen.« Er hatte ihr sanft die Wange gestreichelt. »Ich bin heute eigentlich gekommen, um dir zu sagen, dass ich endlich eine Zusage habe. Ich kann im September mit meinem Studium in Hamburg beginnen.«

»Aber das ist doch toll.«

»Ja, das ist es. Aber ich will studieren, verstehst du? Ich will nicht zwischen den Vorlesungen ein Baby wickeln und mir jetzt schon Sorgen darüber machen, wie ich das Geld zusammenbekomme, um all die Dinge zu kaufen, die so ein Kleinkind braucht.«

»Aber ich verdiene doch auch Geld.«

»Hast du überhaupt eine Ahnung davon, was da auf einen zukommt? Die paar Kröten, die du als Zahnarzthelferin verdienst, die reichen gerade mal für dein Essen und deine Klamotten.« Er hatte geschrien. »In Hamburg sind die Mieten auch viel teurer als hier in Nordfriesland oder hast du gedacht, wir teilen uns zu dritt ein Zimmerchen im Studentenwohnheim?« Er wurde so wütend. »Was hast du dir überhaupt dabei gedacht, mich nicht zu fragen, bevor du die Pille einfach weggelassen hast?«

Er war aufgestanden und durch ihre kleine Wohnung getigert. Hatte sich immer wieder mit der Hand die Haare aus der Stirn gestrichen und geseufzt, während sie weinend auf dem Sofa gesessen hatte.

»Ich weiß echt nicht, was ich davon halten soll. Wenn du gleich mit mir geredet hättest, vielleicht nur einmal in Betracht gezogen hättest, dass ich eine andere Meinung zu dem Thema habe, aber nein, du hast einfach entschieden. Einfach beschlossen, dass deine Idee einer Zukunft auch meine sein soll. Du hast mich hintergangen, in einer so ernsten Sache.«

»Ich weiß doch, dass du Kinder gernhast. Und ich wollte dich überraschen.« Sie hatte die Verzweiflung in ihrer Stimme gehört. Das Entsetzen darüber, dass er nicht so glücklich war wie sie selbst. »Das habe ich doch nur gemacht, weil ich dich so sehr liebe. Weil ich weiß, dass wir füreinander geschaffen sind und immer zusammenbleiben werden. Ich kann mit dem Kind auch erst einmal hierbleiben, und du kommst am Wochenende zu uns. Wenn wir das wirklich beide wollen, dann findet sich schon eine Lösung, ganz bestimmt.«

Aber er hatte nur den Kopf geschüttelt. »Ich muss darüber nachdenken. Alleine.«

Sie hatte ihn angeschrien. Das Teststäbchen nach ihm geworfen. So eine Liebe, die konnte doch nicht einfach verschwinden, die war doch nicht weg, weil man mit einer Entscheidung nicht einverstanden war.

Dann hatte er seine Jacke genommen und war gegangen, ohne ihr noch einen Kuss zu geben.

Sie hatte nicht geschlafen.

In dieser Nacht nicht, und auch nicht in der nächsten.

Dann war sie zum Arzt gegangen und hatte sich krankschreiben lassen.

Sie hatte sich kaum getraut, das Haus zu verlassen. Wartete in jeder Minute auf einen Anruf von ihm.

Aber er meldete sich nicht.

Ließ sie mit ihren Sorgen ganz allein.

Sie war in die Bücherei gegangen, hatte nachgeschlagen, wie das Baby in ihr jetzt aussah. Worauf sie achten musste und was sie lassen sollte.

Kummer solle man vermeiden und seine Sorgen vergessen, hatte da gestanden.

Sie wartete immer noch auf seinen Anruf.

Der dann kam.

Und wieder anders war, als sie es erwartet hatte.

Er war so zögerlich gewesen. Hatte sich nach ihrem Befinden erkundigt. Wie ein Fremder. Als hätten sie nie die Dinge getan, die man eben tun musste, um ein Kind zu bekommen. Tun wollte. Mit so viel Liebe und so viel Lust.

Nichts davon lag in seiner Stimme. Er war kühl und beschränkte sich auf das Nötigste.

»Ich fahre nächste Woche nach Hamburg. Ein Bekannter hat sich gemeldet, in seiner WG ist ein Zimmer frei, das kann ich vielleicht haben.«

Sie hatte zunächst nur zugehört. Darauf gewartet, dass er von Liebe sprach.

Er aber hatte Antworten gewollt. »Wie hast du dich entschieden?«

»Was meinst du?«

»Hinsichtlich des Babys.«

So sachlich. Wie ein entfernter Bekannter, wie ein Arzt hatte er sich erkundigt.

»Ich muss mich nicht entscheiden. Für mich gab es nie eine andere Möglichkeit.«

»Dann haben wir uns wohl nichts mehr zu sagen.«

Hatte er sich traurig angehört? Sie konnte sich kaum auf seine Worte konzentrieren, weil ihr Herz so heftig schlug. Sie hatte nicht geantwortet. Sich darum bemüht, nicht in Tränen auszubrechen.

»Es tut mir leid, lass mich wissen, wenn ich irgendetwas tun kann. Natürlich helfe ich dir, wo ich kann. Ich bin für das Kind da. Aber du wirst verstehen, dass ich nicht mehr mit dir zusammen sein kann, nachdem du mein Vertrauen so missbraucht hast.«

Er hatte aufgelegt.

SECHSUNDZWANZIG

Die Luke öffnete sich langsam, die Treppe wurde aus ihrer Verankerung gelöst und sauste mit Getöse nach unten. Lewe hatte sich in der hinteren Ecke des Dachbodens zwischen einem Stapel Umzugskisten und einer Kommode versteckt. Er zitterte vor Angst und weinte leise vor sich hin.

Albert bellte und bellte. Das hatte er noch nie getan. Die Situation machte ihm offenbar auch Angst.

Die Frau mit den roten Haaren steckte ihren Kopf durch die Luke. Dann kletterte sie hoch und kam direkt auf Lewe zu. Das Messer hatte sie nicht dabei, er konnte beide Hände sehen.

Sie lächelte ihn an und stemmte die Hände in die Hüften. »Ist ja gut, kleiner Hund. Psscht, ich tu dir doch nichts.«

Albert kläffte noch einmal, saß dann mit gespitzten Ohren da und knurrte. Er mochte die Frau nicht, das war nicht zu überhören. Lewe fand aber, dass sie aus der Nähe gar nicht so böse aussah. Ganz normal eigentlich, wie eine Freundin von Mama.

»Hallo. Wer wird denn hier heulen? Sehe ich aus wie eine Menschenfresserin?« Sie ging in die Hocke und Lewe wich zurück.

Albert bellte wieder.

»Hey, hey, du brauchst wirklich keine Angst vor mir zu haben. Ich tue dir doch nichts. Ich bin eine Freundin deines Vaters. Ich beschütze dich.«

Lewe verschränkte die Arme vor der Brust und machte sich so klein, wie er nur konnte. Ihm war diese ganze Situation unheimlich. Er wollte einfach nur seinen Papa oder seine Mama wiederhaben. Deshalb schloss er die Augen und hoffte, dass die Frau einfach wieder verschwinden würde, wenn er nur lange genug nicht hinsah.

Dann spürte er ihre Hand auf seinem Kopf und zuckte zusammen. Sie streichelte ihn und machte »pscht, pschschscht«, so wie seine Mutter das früher gemacht hatte, wenn er hingefallen war und sich das Knie aufgeschlagen hatte.

Vielleicht war die Frau ja wirklich nett?

Und wollte gar nicht gemein zu ihm sein?

Vielleicht hatte Papa sie geschickt. Er hatte doch gesagt, dass er die Polizei angerufen habe, also war es möglich, dass er auch einer Freundin Bescheid gesagt hatte.

Lewe schniefte und wischte sich mit dem Ärmel Rotz und Tränen ab. Albert hatte sich wieder beruhigt und winselte nur ab und zu leise vor sich hin.

Lewe sah sich die Frau genauer an.

Sie saß jetzt im Schneidersitz vor ihm und lächelte ihn an. Ihre dunkelroten Locken erinnerten ihn an den Film von der »Roten Zora«. Sie hatte schöne weiße Zähne und grüne Augen mit langen Wimpern. Ein bisschen sah sie aus wie eine Schauspielerin aus Amerika. Die, die man immer in den Zeitschriften sehen konnte.

»Wer sind Sie denn?«

»Ich bin Henrike. Ich werde dich beschützen und mich um dich kümmern.«

Lewe fand, es hörte sich seltsam an, wie die Frau sprach. Wie in einem Film oder so, wie die Leute auf seinen Hörspielkassetten redeten.

»Niemand versteckt dich mehr vor mir!«

»Hast du ein Handy? Kann ich meinen Papa anrufen?«

Die Frau nickte. »Ja, unten in meiner Tasche. Komm, wir gehen und holen es.« Sie streckte die Hand aus.

Lewe zögerte kurz, dann griff er zu. Die nasse Hose war ihm peinlich, aber die Frau hatte nichts gesagt, obwohl sie gesehen haben musste, dass er sich vor Angst eingepinkelt hatte. Er kletterte mit Albert auf dem Arm nach ihr die Leiter hinunter in den begehbaren Kleiderschrank. »Ich muss mal aufs Klo.«

»Natürlich, mein Schatz.« Die Frau schaute sich suchend in den Regalen um. »Liegen hier auch Sachen von dir? Du möchtest dich sicher umziehen, oder?«

Er setzte Albert auf dem Boden ab. Der Hund wich ihm nicht von der Seite. »Nein, meine Klamotten sind noch drüben im Schlafzimmer, auf dem Stuhl neben dem Bett.«

Die Frau nickte und nahm wieder seine Hand. Sie zog ihn hinter sich her durch das Schlafzimmer, griff im Vorbeigehen nach der Jogginghose auf dem Stuhl und schob ihn ins Bad. »Lass die Tür offen, damit du mich rufen kannst, wenn es ein Problem gibt.« Ihre Stimme klang nicht mehr ganz so freundlich wie oben auf dem Dachboden.

»Aber ich kann die Tür doch anlehnen …« Es juckte schon zwischen seinen Beinen, aber es war ihm peinlich, bei offener Tür auf die Toilette zu gehen und sich zu waschen, während die fremde Frau ihm womöglich dabei zusah.

»Die Tür bleibt offen!«, herrschte sie ihn an.

Albert fing wieder an, laut zu bellen.

»Und sorg dafür, dass der Hund endlich still ist.« Sie zog den Schlüssel innen aus dem Schlüsselloch der Badezimmertür. Dann bedeutete sie ihm mit einer Geste, hineinzugehen. »Ich warte unten in der Küche auf dich.«

Lewe nickte. Immerhin würde sie nicht neben ihm stehen, wenn er die vollgepisste Hose gegen die Jogginghose tauschte. »Woher kennen Sie meinen Papa denn eigentlich? Sind Sie auch eine Freundin von meiner Mama?«

Die Frau lachte. Es war aber kein fröhliches Lachen, als hätte er einen guten Witz gemacht. Es hörte sich anders, irgendwie gemein an.

»Eine Freundin deiner was? Nein, mein Schatz. Und nun mache ich dir ein Brot und eine schöne Tasse Kakao, während du dich wäschst. Oder brauchst du Hilfe?«

»Nein, nein, das kann ich schon ganz allein«, beeilte sich Lewe zu versichern und zog die Tür hinter der Frau etwas weiter zu.

Er hockte sich neben seinen Hund auf den Boden und streichelte das weiche Fell. »Was ist das bloß für eine seltsame Frau, Albert? Die ist 'n bisschen bekloppt, oder? Und was machen wir jetzt?«

Statt einer Antwort sah ihn das Tier mit seinen lieben Hundeaugen an.

»Wir müssen vorsichtig sein. Wenn die echt 'n Knall hat, dann ist sie vielleicht gefährlich.«

Lewe beeilte sich im Bad, wusch sich mit einem Waschlappen und warmem Wasser und musste dabei wieder ein kleines bisschen weinen.

Das musste aufhören.

Wütend schleuderte er den schmutzigen Waschlappen in die Badewanne und stieg in die Jogginghose.

Von unten aus der Küche hörte er das Klappern von Geschirr. Die Frau benahm sich wirklich, als wäre sie hier zu Hause. Er spürte, wie seine Traurigkeit endgültig von Wut verdrängt wurde.

Was fiel dieser bescheuerten Tante denn eigentlich ein?

Dies war das Haus seiner Oma. Die hatte hier nichts zu suchen und er würde dafür sorgen, dass sie schnell wieder verschwand.

»So, Albert, wir überlegen uns jetzt was.«

Er hörte sie rufen: »Der Kakao ist fertig, nun mach schon, sonst wird er wieder kalt, mein Schatz.«

Lewe zog hektisch die Schubladen des Badezimmerschranks auf und fand, wonach er gesucht hatte. Die kleine, spitze Nagelschere und die Feile aus Metall waren zwar keine richtigen Waffen, aber besser als gar nichts.

»Kommst du nun endlich?«

Er hörte, wie die Frau sich unten wieder in Richtung Treppe bewegte, und beeilte sich, Schere und Feile so in seiner Socke zu verstauen, dass er sich nicht selber daran schnitt. »Ich bin ja schon da.«

Die Frau stand auf der untersten Treppenstufe und lächelte ihn an. »Ich habe dir Kakao gekocht, mit einem extra Stückchen Würfelzucker und nicht zu heiß.« Sie fasste ihn an der Hand und zog ihn Richtung Küche.

Alberts Pfoten klackten bei jedem Schritt auf dem Fliesenboden, während er ihnen folgte. Er knurrte immer noch ab und zu. Das hier gefiel ihm offenbar genauso wenig wie seinem Herrchen.

Lewe setzte sich auf seinen Stuhl am Küchentisch, vor ihm stand der versprochene Becher Kakao. Außerdem gab es Kekse, hübsch angerichtet auf einem runden Teller, sowie Schokolade, bereits in kleine Stückchen gebrochen.

Das Telefon klingelte.

Omas Telefon.

Daran hätte er denken müssen! Wie blöd, zu vergessen, dass Oma ja ein Telefon in der »guten Stube« stehen hatte. Er hätte längst die Polizei anrufen können oder seinen Papa.

Es klingelte und klingelte und die Rothaarige tat einfach so, als würde sie es nicht hören.

»Das Telefon klingelt, soll ich mal rangehen?«

Ihr Blick wurde kalt. »Untersteh dich!«, zischte sie ihn an. Um ihn gleich darauf wieder anzulächeln.

Nun saß er hier mit dieser Frau, die sich aus einer Sprühflasche fertige Schlagsahne in ihren Becher spritzte und dann laut ihren Kakao schlürfte. »Wo wohnst du denn?«

»Ach, Schätzchen, wo sollte ich wohl wohnen?« Sie schüttelte den Kopf. »Trink deinen Kakao, bevor er ganz kalt wird. Möchtest du auch Schlagsahne?« Die Frau hielt die Öffnung der Sprühsahne über seinen Becher, er konnte gerade noch die Hand dazwischenschieben und »nein, danke« sagen.

Lewe nippte an seinem Kakao, versuchte, das Lächeln der Frau zu erwidern, und dachte nach. Es konnte jetzt nicht mehr so lange dauern, bis sein Vater ankam. Er überlegte, ob es besser war, hier auf ihn zu warten oder doch lieber einfach abzuhauen und irgendwo Hilfe zu holen.

Ob es noch immer schneite?

Ob irgendwo in der Nachbarschaft inzwischen jemand zu Hause war?

Vor dem Fenster war es sehr grau und ab und zu wehte der Wind Schnee gegen die Scheibe, der dann in langen, traurigen Spuren herunterlief. Lewe verfolgte die Spuren, die am Glas herabrollten wie Tränen. Am unteren Rand der Scheibe hatte sich bereits Eis gebildet.

Ob er es schaffen würde, zu Fuß bis nach Niebüll zu laufen? Vielleicht würde ja auch ein Auto an ihm vorbeikommen, das ihn mitnahm. Und dann hatte er ja auch noch die Waffen im Strumpf. Aber die Frau war größer als er und er wusste nicht, ob er stark genug sein würde, sie zu verletzten. Was, wenn sie ihm die kleine Schere einfach wegnahm, dann hatte er außer der Feile gar nichts mehr.

Er durfte sich auf keinen Fall von dieser Frau irgendwohin verschleppen lassen. Neulich erst hatte er diesen Film gesehen, in dem ... Er durfte ... Was war es noch, das ihm gerade eingefallen war?

Lewe fühlte sich auf einmal entsetzlich müde. Er wollte nur noch schlafen. Die Augen schließen und sich ausruhen.

Warum bellte Albert jetzt wieder so laut?

Wie aus weiter Ferne hörte er die Stimme der Frau, die ihm über den Kopf streichelte, während sie ein Schlaflied summte.

SIEBENUNDZWANZIG

Insa fror so sehr, dass ihr der ganze Körper wehtat. Ihr Gesicht brannte, ihre Augen tränten und aus der Nase lief dünner Schnodder.

Der Wind wehte den wieder heftiger fallenden Schnee um die Ecken und wurde hier, zwischen den Feldern, weder von Baumreihen noch von Häusern gebremst. Schon bei Sonnenschein war diese Gegend nicht gerade ein touristisches Highlight, aber bei dieser Witterung war die Landschaft mehr als trist.

Sie trug nur ihren leichten Anorak, da sie, als sie mit ihrer Schwiegermutter zum Einkaufen gestartet war, davon ausging, die meiste Zeit im Auto zu sitzen. Auch der schmutzige Pullover aus dem Schuppen, den sie übergeworfen hatte, bot keinen großen Schutz gegen die klirrende Kälte. Insa versuchte, so schnell zu gehen, wie sie konnte, um sich ein wenig aufzuwärmen. Sie würde einfach dem Weg folgen, der hinter der Hütte begann. Sie vermutete, dass der Schuppen früher einmal nahe bei einem Haus gestanden hatte. Bisher waren aber weder die Umrisse eines Gebäudes noch Lichter in der Ferne zu sehen.

Sollte es Spuren eines Autos gegeben haben, die zu oder weg vom Schuppen führten, dann hatte der Schnee sie längst zugedeckt. Hier war seit Stunden niemand gewesen.

»Wo ist eigentlich mein Auto geblieben?«, murmelte Insa vor sich hin.

Der Himmel hing wolkenschwer und dunkelgrau über ihr. Düster und nahezu unheimlich. Das wenige restliche Tageslicht wurde von dem unberührten Weiß um sie herum reflektiert, das sich immer weiter ausbreitete.

Insa musste sich sehr darauf konzentrieren, den Weg unter dem Schnee zu finden. Es war nicht einfach, auszumachen, wo genau er verlief. Immer wieder watete sie durch tiefe Schneewehen, geriet durch nicht gleich erkennbare Löcher auf dem Weg ins Stolpern, dann wieder war die Strecke auf einigen Metern nahezu komplett schneefrei.

Insa wusste, dass es rechts und links dieser Wirtschaftswege oft sehr tiefe Gräben gab, die nicht selten mit Wasser gefüllt waren. Sollte sie in solch einen Graben stürzen, wäre das ganz sicher das Ende ihrer Reise. Daher bewegte sie sich äußerst behutsam vorwärts.

Ihr war schlecht vor Hunger und sie war froh, dass sie mit einer Hand voll Schnee ab und an wenigstens den schlimmsten Durst löschen konnte. Sie hatte die Ärmel des Wollpullovers über dem Kopf verknotet, um Ohren und Gesicht vor Wind und Kälte und dem immer stärker fallenden Schnee zumindest notdürftig zu schützen.

Es war nichts zu hören außer dem Knirschen ihrer Schritte auf dem frischen Weiß und ihrem schweren Atem. Von Zeit zu Zeit tauchte eine Möwe kreischend aus einer Wolke auf und drang ein Rascheln aus dem Gebüsch entlang des Weges, vermutlich Hasen oder Ratten auf der Suche nach Nahrung.

All das nahm Insa kaum wahr, sie setzte einfach immer einen Fuß vor den anderen und versuchte, nicht an ihre tote Schwiegermutter zu denken, die sie allein in dem Schuppen zurückgelassen hatte.

Stattdessen konzentrierte sie sich auf ihren Mann und

ihren Sohn. Darauf, dass es nun nicht mehr lange dauern konnte, bis sie ein Haus erreichte. Sie dachte an ein wärmendes Kaminfeuer, heißen Glühwein und eine warme Suppe. Rief sich in Erinnerung, wie gut Lewe nach dem Aufwachen roch und wie gern er sich abends beim Vorlesen in ihre Arme kuschelte.

Nur vorwärtsgehen, nur ein Haus finden, einen Autofahrer oder eine Tankstelle.

Als sie umknickte, weil sie auf einen Ast oder einen Stein getreten war, schrie sie laut auf vor Schmerz. Sie stützte sich an einem Busch ab und richtete sich wieder auf. Vorsichtig bewegte sie den Fuß um den Knöchel. Es tat weh, war aber auszuhalten, sie musste eben noch ein wenig langsamer gehen.

Insa ließ den Blick Richtung Horizont schweifen. Sie legte die Hände wie ein Dach über die Augen und schaute in die Richtung, in die sie ging. Seit einigen Minuten schon hatte sie den Eindruck, dass der Wind noch stärker geworden war. Und jetzt sah sie auch, warum. Dieser Weg führte nicht etwa zu einem Dorf oder einem Haus. Dieser Weg hatte sie direkt an die Deichwiesen geführt. Und hier war Ende.

Insa sank schluchzend zu Boden. Sie war in die falsche Richtung gelaufen. In eine Sackgasse.

Hinter ihr lag nur der Schuppen, der schon lange aus ihrem Blickfeld verschwunden war, vor ihr der Deich und dahinter die Nordsee. Weder links noch rechts ein Haus zu erkennen. Nicht einmal eine Straßenlampe.

Sie musste wieder umkehren.

ACHTUNDZWANZIG

Bruno Behrend legte die letzte Lage Holz auf den Stapel an der Terrassentür, schlüpfte aus den Stiefeln und trat ins Haus. Er schnaufte und rieb die Handflächen aneinander. »Brrr. Mein lieber Mann, ist das kalt geworden. Aber das sollte erst einmal genügen. Bekomme ich noch einen Kaffee?« Er streifte sich die dicken Arbeitshandschuhe ab und legte die Mütze auf einen Stuhl am Esstisch.

Karin schloss die Tür hinter ihm und schüttelte sich. »So langsam kann es meinetwegen auch mal wieder aufhören mit dem Schnee. Du musst wohl noch mal schieben vorm Haus. Sonst kommt nachher keiner von deinen ›Kunden‹ mehr bis zur Amtsstube.« Sie griff nach der Thermoskanne auf dem Tisch und schenkte sich und ihrem Mann ein. Dann nahm sie sich ein Stück von dem Marmorkuchen, den sie heute aus dem Laden mitgebracht hatte, und zerbröselte ihn, während sie Bruno betrachtete.

»Was denn? Ist irgendwas?« Bruno hatte in Lichtgeschwindigkeit das erste Stück Kuchen weggeatmet und griff nach dem zweiten. Er hatte es nicht gern, beim Essen beobachtet zu werden. Irritiert legte er das Stück zurück auf seinen Teller. »Warum guckst du denn so? Wenn du nicht willst, dass ich Kuchen esse, dann musst du nicht immer welchen mitbringen. Is ja auch ein seltsames Abendessen.«

»Kuchen? Ja, ja. Was? Nein.« Karin schüttelte den Kopf.

»Ich denke immer noch über Frau Steensen nach und über die Schwiegertochter und den Lütten.«

»Ich fahr da gleich noch mal rum. Es hat so ewig gedauert, bis dieser Bursche, der im Kiosk geklaut hat, mal gesagt hat, wie er heißt, und dann musste ich ihn ja auch noch zu seinen Eltern fahren und …«

»Lass doch mal, Bruno. Ich denke nach.« Karin hatte ihr Kuchenstück inzwischen auf dem Teller atomisiert, wie ihr Mann bedauernd feststellte. »Also mal angenommen, diese Frau da ist wirklich nicht verwandt mit den Steensens …«

»Aber sie hat doch gesagt, sie ist die Cousine von Insa Steensen! Und als ich mir Gedanken gemacht habe, weil das so lange gedauert hat, bis sie zur Tür kam, und als ich es seltsam fand, dass der Junge mitten am Tag schläft, da hast du gesagt, das sei doch ganz normal. Du hast das gesagt. Ich hatte da durchaus meine Zweifel.«

»Das weiß ich doch, mein Schatz.« Karin tätschelte ihm die Hand. »Ich habe halt einfach überlegt, was wäre, wenn diese Frau vielleicht doch die ist, die auch die Wohnung über dem Laden gemietet hat. Ich hab die ja nur einmal kurz gesehen, aber ich habe den Chef vorhin ein bisschen ausgehorcht und der hat gesagt, ihm sei die Frau komisch vorgekommen.«

»Wieso komisch?«

»Na, die hätte sich hier bestens ausgekannt. Und als Hauke ihr sagen wollte, wie sie nach Dänemark kommt und zum Nolde-Museum, da hat sie gesagt, das will sie alles gar nicht wissen, sie sei ja nur zum Schreiben hier.«

»Das ist doch aber nichts Besonderes. Also, wenn ich hier Urlaub machen würde, dann würde ich mir auch nicht unbedingt die ollen Nolde-Schinken angucken wollen. Und dein Chef ist ja nun nicht gerade ein Top-Reiseführer. Ich kann mir schon vorstellen, wie er ihr erklärt hat, welche Attraktionen das nördliche Nordfriesland zu bieten hat. Wahrscheinlich kann man von Glück reden, wenn die Frau dabei nicht eingeschlafen ist.«

»Banause.«

Bruno biss in ein drittes Kuchenstück und hörte seiner Frau zu, die mit ihren Ausführungen noch nicht am Ende war. »Hauke hat gesagt, er sei sich inzwischen ziemlich sicher, dass die Frau hier mal gewohnt hat. Vielleicht nicht in Rodenäs, aber auf jeden Fall in der Nähe.«

»Und woher will dein Chef das wissen? Ist Hauke jetzt Sonderermittler? Nicht, dass ich wüsste.« Bruno spülte mit Kaffee nach und verschluckte sich beinahe, als Karin mit der flachen Hand auf den Tisch schlug.

»Hör mir doch einfach mal zu!«, schrie sie. »Hauke hat sich an Henrike erinnert, auch wenn er das Mädchen nicht mit der Frau auf einen Nenner bringen konnte, die gerade bei ihm wohnt. Männer …« Sie zuckte achtlos mit den Schultern. »Die Geschichte war damals *das* Thema hier im Dorf. Wundert mich, dass sie es nicht bis zu euch nach Leck geschafft hat.«

»Wie?«

»Na, diese Frau und der Sohn von Grete, die hatten eine Beziehung, wenn man das bei jungen Menschen so nennen kann. Die haben zusammengeklebt wie eineiige Zwillinge.«

»Und wieso soll das ein Skandal sein? Gibt's seit Romeo und Julia.«

»Ach, es hieß sogar, die wollten heiraten und dann ist das Mädchen wohl auch schwanger geworden …«

»Und?« Das dauerte Bruno alles zu lange. Er wollte noch mal kurz zu dem Jungen fahren und dann so schnell wie möglich wieder zu Hause sein. Um kurz nach acht lief

»Stirb Langsam« im Fernsehen, einer seiner Lieblingsfilme.

»Na, die hat das Kind damals verloren. War noch früh, kurz vor oder nach dem dritten Monat.«

»Und was hat das mit den Steensens zu tun?«

»Na, Bendix war der Vater.«

»Schon klar.«

»Und der hat sich damals komplett aus der Verantwortung gezogen. Ist gleich, nachdem das passiert ist – also nachdem sie ihm gesagt hat, dass sie schwanger ist –, abgehauen.« Triumphierend sah seine Frau ihn an.

»Du meinst, die haben sich getrennt?«

»Ach was, getrennt, er hat sie einfach sitzen lassen. Frau Steensen hat Hauke damals wohl erzählt, dass das alles ’n büschen viel für ihren Sohn war, dass er sich eigentlich schon von Henrike getrennt hatte und nur wegen des Kindes erst noch bei ihr geblieben ist. Er hatte ihr wohl auch angeboten, mit ihm nach Hamburg zu kommen.«

Bruno stand auf und griff nach seinem Schal, der über der Stuhllehne hing. »Klingt jetzt für mich nicht nach einer Frau, die einem Kind etwas Böses antun will, sondern eher im Gegenteil.«

»Aber vielleicht haben die sich nie wirklich getrennt. Du weißt doch, erste Liebe und so …«

»Das werden wir dann schon alles erfahren, meine Beste.« Bruno gab seiner Frau einen Kuss auf den Haaransatz. »Ich fahre da jetzt noch mal hin und spreche ganz in Ruhe mit der Frau. Und mit dem Kind.«

»Und lass dich nicht wieder abwimmeln.«

HENRIKE

Er hatte ihr noch einen Brief geschrieben.

Er werde natürlich für das Kind da sein, sie finanziell unterstützen, hatte er geschrieben. Gerne auch ein Vater sein, wenn sie das wünsche. Vielleicht wolle sie nach Hamburg kommen, damit er mehr Zeit mit dem Kind verbringen könne. Er würde sie auch gern bei der Suche nach einer Arbeit und einer Wohnung unterstützen.

Das war für sie das Zeichen gewesen, dass er irgendwann wieder zu ihr zurückkommen würde. Wenn das Kind erst auf der Welt war, dann würden sie wieder zusammen sein. Ja, er wollte sich um alles kümmern, da sein.

Von Carola hatte sie, bevor der erste Brief kam, erfahren, dass er nach Hamburg gegangen war. Natürlich hatte sich im Dorf rasend schnell herumgesprochen, dass er sie verlassen hatte.

Dass sie schwanger war, wusste zunächst niemand. Sie hatte es nicht einmal Carola erzählt. Wollte dieses Gefühl ganz für sich alleine haben.

Wenn das Baby erst da war, dann würde er ganz sicher wiederkommen. Dann wäre er bereit für seine Familie. Würde sich um sie und das Kleine kümmern.

Jeden Abend lag sie im Bett und streichelte ihren Bauch.

Nach den ersten Nächten voller Tränen, Sorge und Angst hatte das Glücksgefühl langsam wieder überhandgenommen. Sie freute sich darauf, Mutter zu werden.

Und dann war sie eines Morgens mit schlimmen Bauchkrämpfen aufgewacht.

Sie hatte Blutungen bekommen. Bis zuletzt hatte sie gehofft, dass die schlimmen Krämpfe und das Blut nichts zu bedeuten hatten, dass sie sich vielleicht ein Virus eingefangen hatte, und war mit dieser Hoffnung zu ihrer Ärztin gegangen.

»Ich weiß, das ist im Moment alles schrecklich und unfassbar, aber Sie können wieder schwanger werden. Sie sind ja noch sehr jung. Das ist alles kein Problem.« Das hatte die Ärztin gesagt.

Schluchzend war sie aus der Praxis gelaufen.

Später hatte die Ärztin ihr auf den Anrufbeantworter gesprochen. Sie gebeten, sich zu melden, wenn es ihr besser gehe. Natürlich sei eine solche Erfahrung immer ein Schock, aber sie sei mit diesem Schicksal nicht allein, viele Frauen würden ihre Kinder in den ersten drei Schwangerschaftsmonaten verlieren, manche wüssten nicht einmal, dass sie schwanger gewesen seien. Manchmal habe so eine Fehlgeburt körperliche Ursachen, manche Frauen würden ihr Kind aber auch wegen zu vieler Sorgen und Stress verlieren. Deshalb solle sie sich nun auf sich selbst konzentrieren und versuchen, wieder zu sich zu finden. Es sei sogar empfehlenswert, sich dafür fachliche Hilfe zu holen. Mit jemandem zu sprechen. Das könne helfen, den Schmerz in den Griff zu bekommen.

Sie hatte mit Carola gesprochen. Ihr alles erzählt. Sich trösten lassen.

Carola hatte kaum geredet. Keine hohlen Phrasen von sich gegeben, sondern sie einfach in den Arm genommen und gewiegt, wie ihre Mutter es früher gemacht hatte.

Für einen Moment hatte sie darüber nachgedacht, ihn anzurufen. Er musste doch wissen, dass ihr Baby gestorben war. Mit voller Wucht hatte sie dann aber die Erkenntnis getroffen, dass er jetzt keinen Grund mehr hatte, zu ihr zurückzukehren.

Sie hatte ihr Baby verloren und damit auch die gemeinsame Zukunft.

Und dann wurde ihr auch klar, warum das alles passiert war: Sie hatte sich viel zu viele Sorgen gemacht.

Seinetwegen.

Er war schuld an dieser Situation.

Wäre er nicht weggegangen, dann wäre es ihr gut gegangen, dann hätte sie das Kind nicht verloren.

Es war seine Schuld.

Wenige Wochen später kündigte sie in der Zahnarztpraxis. Sie hatte eine neue Stelle in Hamburg gefunden.

NEUNUNDZWANZIG

Lewe wurde wach, weil der Deckel eines Topfes auf den Boden schepperte. Er hatte mit dem Gesicht auf dem ausgestreckten Arm gelegen. Ein Sabberfaden zog sich vom Mundwinkel bis zum Tisch und er schüttelte sich leicht angeekelt, als er sich aufrichtete. Sein Becher Kakao stand beinahe unberührt neben ihm, der süße Geruch verursachte ihm Übelkeit. Die schreckliche Frau stand am Herd und rührte leise summend in einem Topf. Den Deckel hatte sie vom Fußboden aufgehoben, ohne sich zu ihm umzudrehen.

Sofort fiel ihm alles wieder ein, was passiert war. Er musste sich fest auf die Innenseite seiner Wange beißen, damit er nicht anfing zu weinen. Er wollte einfach nur, dass seine Mama zurückkam. Und er fragte sich, wieso Papa immer noch nicht da war, um diese gruselige Frau mit den roten Haaren wegzuschicken. Das war doch nicht normal, dass die ihn nicht mit Mama telefonieren ließ. Und wo war eigentlich der Polizist, von dem Papa gesprochen hatte?

Als die Rothaarige sah, dass Lewe aufgewacht war, lächelte sie. »Na, du warst aber müde, mein Schatz. Geht es dir jetzt wieder gut?« Sie lächelte ihn freundlich an. »Ich koche uns eine Suppe. Nicht, dass du mir krank wirst bei dem Wetter.« Sie deutete mit dem Holzlöffel in Richtung Fenster.

Obwohl es inzwischen dunkel war, konnte man die dicken Schneeflocken gut erkennen, die im Schein des nach draußen fallenden Lichtes der Küche in dichtem Gestöber vor dem Fenster tanzten. Ab und zu wehte eine Bö den Niederschlag wie einen nassen Lappen an die Scheibe. Lewe fröstelte. »Wo ist Albert?«

»Den habe ich nach draußen gebracht. So ein Tier braucht ja auch mal frische Luft.«

Lewe sprang auf. »Das ist doch viel zu kalt für ihn.«

»Setz dich wieder hin. Ich kümmere mich darum.« Die Frau schob ihn sanft, aber nachdrücklich auf die Bank zurück. Dann schaltete sie den Herd aus und ging ins Wohnzimmer.

Lewe hörte, wie die Terrassentür geöffnet wurde, kurz darauf sauste ein schwarzer, kläffender Fellball in die Küche und auf ihn zu.

»Albert, da bist du ja!« Das Fell roch intensiv nach Hund, war nass und kalt. Albert zitterte. »Du Ärmster, hast du gefroren da draußen?«

»Das hält so ein Hund schon aus, der hat ja ein dickes Fell.« Die Rothaarige war wieder da, öffnete alle Schranktüren, bis sie tiefe Teller gefunden hatte.

Lewe kauerte sich zu Albert auf den Boden und knuddelte den jaulenden Hund.

»Wasch dir die Hände und dann setz dich, wir essen jetzt.«

Albert stellte sich vor Lewe und begann wieder zu knurren.

»Und du bist ganz leise, sonst geht es gleich wieder vor die Tür.«

Lewe machte »schhhhhhh« und streichelte das Tier, das sich gleich ein wenig beruhigte und nur noch leise winselte.

Die Frau wandte sich wieder dem Herd zu. Sie rührte die Suppe um und nahm dann zum Abschmecken Pfeffer und

Salz aus dem Gewürzregal an der Wand. Sie stellte den Topf auf den Untersetzer und setzte sich dem Jungen gegenüber an den Tisch.

»Wo ist meine Mama?«

»Gib mir deinen Teller, bitte.«

»Und wann kommt eigentlich mein Papa nach Hause? Du hast doch gesagt, ich kann ihn anrufen.«

»Du sollst mir deinen Teller geben.«

Die Frau hatte die Stimme nur leicht erhoben, doch Albert fing sofort wieder mit dem Kläffen an.

»Ich muss auf die Toilette.«

»Jetzt?«

Lewe nickte.

»Nimm den Hund mit. Das Gebell macht mich verrückt. Und beeil dich, sonst wird alles kalt.«

Lewe nahm Albert auf den Arm und verließ die Küche. Er musste telefonieren. Mit dieser Frau stimmte etwas nicht. Albert zitterte immer noch. Wenn Lewe nicht rechtzeitig aufgewacht wäre, dann wäre sein Hund vielleicht immer noch draußen im Schnee. Es war da viel zu kalt für ihn, auch mit einem Fell.

Er setzte den Hund ab, der ihm nicht von der Seite wich, und schlich leise ins Wohnzimmer.

Hier war es eisig und als Lewe sich umsah, entdeckte er auch die Ursache dafür. In der Scheibe der Terrassentür war neben dem Griff ein Loch, das mit einem Sofakissen notdürftig zugestopft worden war. Also hatte er sich doch nicht getäuscht, als er vorhin das Geräusch gehört hatte. Hier also war die Frau hereingekommen.

Während er nach dem schnurlosen Telefon seiner Oma suchte, überlegte Lewe: Wenn die Rothaarige eine Freundin seines Vaters war, wieso hatte sie dann nicht einfach geklingelt? Oder sich von Papa sagen lassen, wo der Ersatzschlüssel versteckt war?

»Kannst du mir mal sagen, was du hier machst?«

Lewe zuckte zusammen. Die Rothaarige hatte sich lautlos genähert und stand hinter ihm.

»Ich dachte, du wolltest auf die Toilette gehen?« Sie stemmte die Hände in die Hüften.

»Ja, wollte ich auch, ich hab nur vorher … Ich dachte, hier wäre …« Lewe suchte krampfhaft nach einer Ausrede.

Albert bellte.

»Ich dachte, ich hätte Alberts Spielzeug hier liegen lassen. So ein Gummihuhn, das quietscht.« Er hob ein Sofakissen an und schaute unter den Beistelltisch.

»Und ich hatte dir gesagt, du sollst dich beeilen, weil sonst die Suppe kalt wird.«

Die Rothaarige nahm ihn an die Hand und zog ihn hinter sich her. Es war wohl besser, sich erst einmal nicht zu wehren, so gemein, wie sie guckte.

Das Telefon würde er nach dem Essen suchen.

DREISSIG

Nur noch knappe drei Stunden bis Niebüll.

Bendix lehnte sich mit dem Gesicht gegen die kalte Scheibe der Regionalbahn und seufzte. Er war am Ende. Wenigstens hatte er ein wenig geschlafen.

Ab und zu.

Unterbrochen durch die Ansagen in der Bahn, durch eine Truppe feiernder Damen, durch ein weinendes Baby und durch sein Telefon.

Allerdings hatte sich der Polizist bisher noch nicht zurückgemeldet. Lediglich die Freundin seiner Mutter hatte sich entschuldigt und erklärt, dass das Wetter inzwischen sehr schlecht geworden sei und sie deshalb nicht zum Haus der Steensens an den Deich fahren könne.

Bendix klickte sich durch das Telefonbuch auf seinem Handy. Irgendwen musste es doch noch geben, der mehr über Henrike wusste. Der ihm möglicherweise sagen konnte, wo sie abgeblieben war.

»Möchte hier jemand Kaffee, kalte Getränke, süße oder herzhafte Snacks?« Eine sehr dicke Frau schob einen Bistrowagen durch die engen Gänge. Bendix nahm zwei Schokoriegel und eine Cola.

Cola.

Natürlich, Pepsi musste etwas wissen. Carola, die von allen nur »Pepsi« genannt wurde, war damals mit Henrike befreundet gewesen. Ihre beste Freundin.

Bendix scrollte in seinem Adressbuch nach unten und drückte auf einen Kontakt. Als er ein Freizeichen hörte, warf er einen Blick auf die Uhr. Kurz nach acht. Mit etwas Glück saß Carola vor dem Fernseher und guckte die Tagesschau.

»Ehlert.«

»Carola, hallo, hier ist Bendix.«

»Bendix?«

»Steensen. Aus Rodenäs.« Er war froh, dass er diesen Teil des Wagens ganz für sich allein hatte. Der Empfang war mittelmäßig und er musste beinahe schreien.

»Ach, Bendix, Moin. Mit dir hätte ich nun nicht gerechnet.« Verwunderung in der Stimme. »Warum rufst du mich denn an? Geht's um Henrike?«

So war sie immer schon gewesen. Klar und geradeheraus. Bendix war froh, dass er um einleitenden Smalltalk herumkam. »Ja, es geht um Henrike. Besser gesagt, ich wollte dich fragen, ob du weißt, wo sie steckt.«

»Aber das müsstest du doch viel besser wissen.«

»Wieso ich?«

»Na, ihr seht euch doch regelmäßig, wohnt doch auch gar nicht weit auseinander.«

Bendix bekam eine Gänsehaut. »Ich habe Henrike seit Jahren nicht gesehen und auch nicht gesprochen. Wieso sollte ich also wissen, wo sie wohnt?«

Carola wurde ungeduldig. »Also, mir hat sie gesagt, dass ihr euch immer mal trefft und telefoniert, dass ihr euch gut versteht und dass du auch ihren Freund magst. Ist ja alles nicht so optimal gelaufen für sie … Also, wenn sie jetzt nicht zu Hause ist, dann macht sie vielleicht irgendwo einen Wellness-Urlaub. Könnte man ja verstehen, aber ich hab schon seit ein paar Wochen nichts von ihr gehört.«

»Was ist nicht optimal gelaufen?«

»Na, sie hatte einen tollen Freund, fast vier Jahre lang. Da hat sie auch seltener von dir gesprochen. Aber jetzt hat der sich von ihr getrennt. Heiratet eine andere und die ist auch schon schwanger. Hat er Henrike mal eben so per SMS mitgeteilt, das Schwein, und –«

Bendix unterbrach sie. »Ich kenne ihren Freund nicht einmal, wie sollte ich ihn da mögen können. Carola, das ist wirklich wichtig: Was genau hat dir Henrike über unsere Treffen gesagt?«

»Nicht viel, nur dass ihr manchmal einen Kaffee trinken geht, der alten Zeiten wegen, und dass du einen ganz netten Sohn hast. Von deiner Frau hält sie nicht so viel und manchmal hat sie noch über deine Mutter geschimpft. Hat ihr wohl nie richtig verziehen, dass sie sie damals rausgeschmissen hat, als es ihr so schlecht ging.«

»Henrike hat mich verfolgt.«

»Ja, ich weiß.« Ein genervtes Stöhnen. »Du hattest dich schon von ihr getrennt, dann die Schwangerschaft. Du hast gedacht, du versuchst es noch mal und dann … Warst du eigentlich froh, als Henrike die Fehlgeburt hatte?« Carolas Stimme bekam einen bissigen Unterton. »Du hattest doch damals schon eine neue Freundin, oder? Zu der bist du nach Berlin gegangen, wenn ich das alles noch richtig zusammenbekomme.«

»Carola. So war das alles nicht.«

»Natürlich nicht. Und das mit euren Treffen hat sie sich vermutlich auch nur ausgedacht. Klar.«

Das eine, was sie sagte, das andere, was sie meinte.

»Ich kann dir nicht helfen, Bendix. Sprich selber mit Henrike.«

Die Verbindung wurde unterbrochen.

Mit Henrike sprechen.
Natürlich.
Er suchte in seinen Kontakten nach der Nummer.
Freizeichen.
Dann eine Frauenstimme. »Hallo?«
»Henrike?«
»Ne, hier ist Meryem. Was willst du?«
»Ich suche Henrike.«
»Habichnich.«
»Ich suche nach einer Frau, die Henrike heißt.«
»Das meine Telefonnummer. Hier keine andere Frau.«
Schon wieder wurde am anderen Ende einfach aufgelegt.

EINUNDDREISSIG

Bruno Behrend fluchte und stellte das Radio lauter. Seit die Welle Nord kaum noch Schlager im Programm hatte, schaltete er das Ding nur selten ein. Aber er konnte sich mit dem Wagen höchstens in Schrittgeschwindigkeit fortbewegen, trotz der neuen Reifen, und brauchte Unterhaltung.

Er warf einen Blick auf die Uhr im Cockpit. Gerade hatte der Spielfilm im Fernsehen begonnen und er war noch nicht einmal beim Haus von Frau Steensen angekommen.

Der Scheibenwischer gab sein Bestes, aber das Beste ist eben nicht immer gut genug. Aus welcher Werbung war das noch gleich?

Beinahe wäre ihm das Hinterteil des Wagens weggerutscht. Wenn man eine Sekunde nicht aufpasste, saß man schon im Graben. Diese Schneewehen waren tückisch. Erst nur nasser Asphalt und zwei Meter weiter Glatteis unter einer undurchsichtigen Schneedecke. Und ehe man sich's versah, war die Schneewehe drei Meter weitergewandert. Noch dazu war es inzwischen dunkel geworden, und seine Scheinwerfer brachten es auch nicht mehr.

Er war bereits länger als eine Stunde unterwegs. Auf einer Strecke, die er bei Sonnenschein und trockenen Straßen in maximal fünfzehn Minuten bewältigte. Und das Schlimmste stand ihm noch bevor. Das letzte Stück des Weges war nicht einmal ordentlich geteert, sondern irgendwann mal mit irgendeinem Splitterbeton aufgeschüttet worden. Außerdem fehlten Schneezäune, sodass das weiße Zeug mit voller Wucht auf die Fahrbahn gepustet wurde. Wer hatte eigentlich die Ansage gemacht, dass der Winter nach Silvester vorbei sei? Die lernten es auch nicht mehr, die Bauern! Als hätte man früher schon im Februar in kurzen Hosen zum Baden an den Deich fahren können.

Na, immerhin funktioniert die Heizung heute mal, dachte Bruno und freute sich über *Don't worry, be happy* im Radio. Er pfiff die Melodie mit und wollte gerade lauthals in den Refrain einfallen, als der Song von der Moderatorin unterbrochen wurde.

»Hier ist Ihre Welle Nord mit einem aktuellen Warnhinweis: Laut amtlichen Meldungen müssen Sie weiterhin mit starkem bis sehr starkem Schneefall rechnen. In den Kreisen Dithmarschen und Nordfriesland kann es außerdem zu Schneebehinderungen kommen. Die Polizei bittet ausdrücklich darum, das Auto nach Möglichkeit stehen zu lassen. Wir halten Sie natürlich weiter auf dem Laufenden.«

Es folgte ein Song von Peter Maffay und Bruno drehte das Gerät leiser. Den hatte er noch nie leiden können. »Ach, es schneit? Hab ich noch gar nicht gemerkt«, brummelte er vor sich hin und schob seine Nase noch näher an die Windschutzscheibe. Für einen Moment überlegte er, doch wieder umzukehren. Karin hatte sicher ein paar Häppchen vorbereitet und genug Papierkram lag noch in seinem Büro.

Bruno seufzte und griff nach dem Antibeschlagtuch in der Seitenablage. Andererseits, nun war er ja beinahe dort, da konnte er den Enkel von Frau Steensen und diese Verwandte auch gleich mitnehmen. Bei dem Wetter wollten die bestimmt nicht hier in der Einöde bleiben. Und Karin würde den Lütten sicher gern ein bisschen betüdeln.

ZWEIUNDDREISSIG

Insa versuchte auszurechnen, wie spät es war. Ihre Uhr hatte sie bei den Anstrengungen, die Fesseln zu lösen, irgendwo im Schuppen verloren.

Wann waren sie in den Schuppen gebracht worden?

Wie lange hatte sie dort geschlafen?

Wie viel Zeit war dabei vergangen, die Fesseln zu lösen und den Schuppen zu durchsuchen?

Wie viel Zeit hatte es gekostet, sich um Grete zu kümmern?

Wie lange hatte es gedauert, den falschen Weg zu gehen und wieder ganz zurück?

Es war inzwischen komplett dunkel, nur der beinahe volle Mond leuchtete ab und zu hell durch die Wolken auf die weißen, unberührten Schneeflächen links und rechts von ihr. Sie hatte inzwischen den Eindruck, dass der Schnee nicht mehr von oben kam, sondern ihr frontal von vorne ins Gesicht wehte. Als wäre er ein undurchdringlicher Wall, der sie am Weiterkommen hindern wollte.

Die um den Kopf geknoteten Ärmel des Strickpullovers wurden immer schwerer vor Nässe. Aber sie kam jetzt besser voran, denn der Wind hatte den frischen Schnee weit über das freie Feld geweht und auch wenn sie immer wieder durch eine Schneewehe stapfen musste, gab es auch längere Abschnitte des Weges, die beinahe schneefrei geblieben waren.

Als sie wieder am Schuppen vorbeikam, starrte sie angestrengt auf den Boden und versuchte, nicht daran zu denken, wer dort hinter den Holzwänden lag. Doch niemandem war geholfen, wenn sie hier weinend bei ihrer toten Schwiegermutter sitzen blieb. Wer wusste schon, wann die Suchtrupps sie hier finden würden. Sie musste nach Hause.

Insa verbot sich jeden Gedanken an Grete und das, was passiert war. Stattdessen konzentrierte sie sich auf das Haus ihrer Schwiegermutter, auf ihr gemütliches Bett, auf einen heißen Tee am Kaminofen und auf ein warmes Bad.

Sie würde diesen Marsch durch Schnee und Kälte nur bewältigen, wenn sie an die positiven Dinge dachte: an Bendix und Lewe und daran, dass sich ihr Mann schon um alles kümmern würde. Bendix hatte sich immer um alles gekümmert.

Mechanisch setzte Insa einen Fuß vor den anderen, dachte an Songs, die sie zusammen mit Bendix in Dauerschleife gehört hatte, damals, als sie sich kennengelernt hatten. Prince zum Beispiel, mit *The most beautiful girl in the world*. Ach nein, Symbol hatte er sich damals genannt. Oder war er da schon Tafkap gewesen? Insa summte den Song vor sich hin und versuchte, sich Textzeilen ins Gedächtnis zu rufen.

Und weitergehen und weitergehen.

Sie erinnerte sich an früher, als sie mit dem Rad hier am Deich entlanggefahren war. An den ersten Kuss an der Bushaltestelle im Gotteskoog, an den Marsch nach einer Party bis zum Hof ihrer Freundin, bei dem sie im Mondlicht beratschlagt hatten, wer der attraktivste Junge der Schule war.

Das war lange, bevor sie Bendix getroffen hatte. Noch heute wunderten sie sich beide darüber, dass sie sich als Schüler kaum begegnet waren, obwohl sie nur wenige Kilometer Luftlinie voneinander entfernt aufgewachsen waren und Bendix nur drei Jahre älter war als sie. Getroffen und ineinander verliebt hatten sie sich auf der Party einer gemeinsamen Freundin in Hamburg.

Insa wusste noch genau, wie sie als Kind die nordfriesische Luft am frühen Morgen eingesogen hatte, wie es sich auf den nackten Armen angefühlt hatte, wenn der Sommermorgen die laue Nacht vertrieb. Damals war alles noch so schön gewesen, so ohne Sorgen.

Von alldem war in dieser Nacht nichts zu spüren.

Ablenken, nicht an Grete denken.

Was war das noch, das Lewe kürzlich von Alexander Graham Bell erzählt hatte? Dass er sich gewünscht habe, alle würden beim Anrufen »Ahoi« zur Begrüßung sagen? Was gäbe sie jetzt für ein Telefon! Ihr Bein schmerzte und sie hatte das Gefühl, dass ihr in wenigen Minuten die Haut vom Gesicht fiel, so kalt war ihr inzwischen.

Nicht daran denken, weitergehen.

Was war das noch, das ihr Grete als Trick für den Käsekuchen verraten hatte? Was musste man dazugeben, damit die Creme besonders gut gelang? War es Essig gewesen oder Kartoffelstärke? Sie würde Grete noch mal fragen müssen, wenn … Grete.

Sie würde ihre Schwiegermutter nie wieder irgendetwas fragen können. Grete würde ihr nun auch nichts mehr zu dieser Geschichte sagen können von Bendix und seiner früheren Freundin – dieses Gerücht, das immer noch umherwaberte, das aber niemand aussprach. Immer nur Andeutungen, von Hauke, von Gretes Nachbarin, von alten Freunden. Und jetzt konnte Grete ihr nichts mehr dazu sagen. Grete würde nie wieder mit ihr sprechen, sie nie wieder in die Arme nehmen.

Wie ein Schlag ins Gesicht traf sie diese Erkenntnis.

Insa war am Ende ihrer Kräfte. Ließ sich weinend in den Schnee fallen.

Und dann sah sie es.

Der Wind hatte eine breite Schneise in den Schnee geweht und die Straße freigelegt. Der Sandweg, der sie vom Schuppen weggeführt hatte, endete an einer Teerstraße. Etwas weiter links war ein Schild zu erkennen.

Insa vergaß ihre Schwiegermutter, sie vergaß den Schmerz im Bein und in der Schulter und rannte beinahe.

Keuchend stand sie schließlich vor dem Schild und ihr kamen erneut die Tränen. Dieses Mal vor Erleichterung.

Sie war nur noch wenige Kilometer vom Haus ihrer Schwiegermutter entfernt.

DREIUNDDREISSIG

Der Junge hatte kaum etwas gegessen.

Sie musste ihm noch einen Kakao machen.

Er war müde und musste sich ausruhen.

Sie musste besser auf ihn aufpassen.

Der Köter fing schon wieder an zu bellen. Kläffen, bellen, jaulen. Immer und immer wieder.

Sie beugte sich unter den Tisch zu dem Tier. »Du sollst die Fresse halten!«

Der Junge fing an zu weinen.

»Und du hörst jetzt auf zu heulen. Iss!«

Der Junge schluchzte und der Hund bellte immer lauter.

Henrike ließ ihren Löffel scheppernd in den Teller fallen und schob geräuschvoll ihren Stuhl nach hinten. »Jetzt reicht es. Der Hund muss hier raus.«

»Nein, nein. Sei still, Albert. Bitte!« Der Junge sah sie flehentlich an. »Bitte nicht. Ich möchte ihn hier bei mir behalten.« Er ließ sich zu Boden gleiten und umarmte den Kläffer.

Der Hund wurde für einen kurzen Moment ruhiger, um gleich darauf wieder ein Bellkonzert zu beginnen.

Henrike spürte, wie ihr das Geräusch mehr und mehr auf die Nerven ging.

Das Tier war gefährlich.

Musste hier weg.

»Du isst jetzt deine Suppe.«

Sie zog den Hund, der heftig nach ihr schnappte, am Halsband von dem Kind weg.

»Nein, bitte nicht, ich sorge auch dafür, dass er ruhig bleibt.«

Das Kind war unglücklich. So traurig. Der Hund war daran schuld.

Sie würde auf den Jungen aufpassen. Ihn wieder glücklich machen. Niemand würde ihm mehr etwas tun.

Sie hob das zappelnde Tier am Halsband hoch und steckte im Vorbeigehen das Gemüsemesser ein.

Der Junge saß immer noch weinend neben dem Tisch auf dem Fußboden, das Gesicht in den Armen vergraben.

Sie würde ihn wieder glücklich machen.

Auf ihn aufpassen.

VIERUNDDREISSIG

Das Klingeln an der Tür folgte nun einem Rhythmus. Ganz sicher würde derjenige, der vor dem Haus stand, nicht so leicht aufgeben, dachte Lewe.

Er saß immer noch am Tisch und hatte kein Wort mit der Frau gewechselt, seit sie mit Albert irgendwohin gegangen und ohne ihn zurückgekommen war. Auch wenn sie gesagt hatte, es gehe dem Hund gut und er friere auch nicht.

Die Frau runzelte jetzt die Stirn und blickte in Richtung Tür.

Es klingelte wieder lang anhaltend. Außerdem klopfte jetzt jemand mit der Faust an die Tür und rief dazu sehr laut: »Hallo. Hallooooo. Ich weiß doch, dass Sie da sind. Hier ist Bruno Behrend, der Polizist. Machen Sie doch bitte mal auf.«

Lewe spürte Erleichterung. Der Typ von der Polizei war endlich gekommen, um ihn zu holen. Genau wie sein Vater es versprochen hatte. Und er würde auch dafür sorgen, dass Albert wieder hereindurfte. Er wollte seinen Hund wiederhaben.

Die Rothaarige schaute Lewe an. »Los, steh auf.«

»Wie bitte?«

»Du sollst aufstehen, habe ich gesagt.« Das Gesicht der Frau hatte sich verfinstert.

Lewe stand auf. Die Rothaarige machte einen Schritt Richtung Anrichte und griff sich ein Messer, das dort lag.

Sie umklammerte Lewes Handgelenk so fest, dass es wirklich wehtat, aber er ließ sich nichts anmerken.

»Du machst jetzt die Tür auf und sagst dem Mann, dass du alleine bist.«

»Aber …«

Lewe spürte das Messer hinten an seinen Rippen.

»Nichts aber. Du machst die Tür auf und sorgst dafür, dass dieser Typ wieder verschwindet.« Die Frau schob Lewe unsanft in Richtung Haustür und hielt mit der rechten Hand sein rechtes Handgelenk umklammert, während sie ihm mit der anderen das Messer in den Rücken drückte.

Das Klingeln hatte aufgehört und Lewe öffnete die Tür.

»Meine Güte, das hat aber gedauert. Sitzt du auf deinen Ohren?«

Lewe sagte lieber gar nichts. Er hatte Angst, dass die Frau ihm wehtun würde. Und er wollte sich nicht noch einmal in die Hose machen.

Der Polizist, der sich sehr nah an die Tür gestellt hatte, um vor dem dicht fallenden Schnee Schutz zu finden, reichte ihm die Hand. »Moin. Ich bin Bruno Behrend. Der zuständige Polizist aus Rodenäs. Bist du Lewe?«

Lewe nickte vorsichtig. Der Druck in seinem Rücken wurde stärker.

»Dein Vater hat mich angerufen, er macht sich Sorgen um dich. Ist alles in Ordnung hier?« Der Polizist warf einen neugierigen Blick an Lewe vorbei in die Diele. »Bist du ganz alleine? Wo ist denn die Frau Bühler hin, die auf dich aufpassen sollte?«

»Äh, neee, die ist … die ist oben«, beeilte sich Lewe zu sagen.

»Kannst du sie mal rufen? Dann spreche ich kurz mit ihr.«

Lewe schüttelte den Kopf.

»Warum nicht?«

»Sie … äh … also, das geht nicht, weil … sie hat … sie kann … sie hat sich hingelegt, weil sie so dolle Kopfschmerzen hatte.« Der Druck an seinem Handgelenk wurde immer stärker. Er musste den Polizisten schnell wieder loswerden, sonst würde ihm die Rothaarige noch das Handgelenk zerquetschen.

»Hingelegt. Ach so.« Der Polizist zog umständlich ein Handy aus der Tasche. »Dann rufen wir vielleicht kurz bei deinem Papa an und du sagst ihm, dass es dir gutgeht. Sonst hört der nämlich nicht damit auf, mich zu nerven … Ach, du liebes bisschen …« Der Polizist drückte auf dem Touchscreen seines Telefons herum.

Die Rothaarige drängte sich so nahe an Lewe, dass die Tür langsam wieder zuging.

»Das gibt's ja gar nicht. Nun ist auch noch das Funknetz weg.« Der Polizist schaute zu seinem Auto, ein dunkelroter Wagen, auf dessen Dach inzwischen eine Schneehaube lag.

»Wieso sind Sie denn nicht mit einem Polizeiauto hier?«, rutschte es Lewe heraus.

»Du, wir hier in den kleinen Dienststellen, wir haben gar kein Polizeiauto. Äh, ja, das ist jetzt dumm.« Der Mann trat von einem Bein auf das andere. »Aber deine Oma hat doch Telefon. Lass mich kurz herein und dann rufen wir deinen Vater vom Festnetz aus an.«

»Äh, neee. Erstens darf ich niemanden reinlassen und außerdem … außerdem geht Omas Telefon gar nicht. Hab ich schon ausprobiert.«

Jetzt wusste sich der Polizist offenbar auch keinen Rat mehr. Zusätzlich zu dem Druck des Messers im Rücken spürte Lewe langsam auch die unangenehm beißende Kälte.

Der Schnee wehte ihm in Böen ins Gesicht. Seine Zähne fingen an zu klappern.

»Ach Mensch, ja, du frierst natürlich. Na, denn …« Der Polizist wandte sich zum Gehen, überquerte den Weg vom Eingang zum Autostellplatz, drehte sich dann aber noch einmal um. »Ne, das geht so nicht. Ich muss unbedingt mit Frau Bühler sprechen. Kannst du sie bitte wecken?«

Die Frau drängte Lewe nach vorn, sodass die Tür zufiel. Er hörte den Polizisten noch rufen: »Moment mal«, dann zog ihn die Rothaarige am Handgelenk von der Tür weg.

»So ein Mist!« Die Frau hörte sich ganz schön wütend an.

Der Polizist klopfte schon wieder mit den Fäusten an die Tür und rief nach ihm.

»Du sagst ihm, dass du gleich wieder da bist«, zischte die Frau Lewe an. »Der verschwindet ja doch nicht.«

Lewe tat, was sie verlangt hatte.

Dann zerrte sie ihn hinter sich her, zurück in die Küche. »Und du bist still! Danach hole ich auch deinen Hund wieder.« Sie verließ den Raum und schloss die Tür hinter sich.

Lewe hörte, wie sie zur Haustür ging und sie öffnete. Vorsichtig drückte er die Klinke herunter und schob die Küchentür auf. Jetzt konnte er jedes Wort verstehen, das an der Tür gesprochen wurde.

»Es wäre vielleicht besser, wenn Sie ein paar Sachen zusammenpacken und mich aufs Revier begleiten. Das Wetter wird immer schlechter und bevor sie hier eingeschneit werden, haben sie es, bis die Eltern des Jungen wiederkommen, bei mir sicher bequemer.«

Die Stimme der Frau klang schrill. »Nein, das wird nicht nötig sein, wir haben hier ja alles, was wir brauchen.«

Der Polizist setzte nach. »Das mag sein, aber da ist noch etwas. Der Vater des Jungen weiß nichts von einer Cousine seiner Frau. Er hat sogar gesagt, sie hätten außer seiner Mutter gar keine Verwandten mehr hier oben. Also wäre es vielleicht gut, wenn Sie mich begleiten, und dann rufen wir …«

»Ich sagte doch schon, wir bleiben hier. Dem Jungen geht es nicht gut, der kann jetzt nicht so lange im Auto sitzen.«

»Was hat er denn?«

»Er hat sich vorhin übergeben.«

Am liebsten wäre Lewe zur Tür gelaufen und hätte dem Polizisten gesagt, dass das alles gelogen war. Aber er wollte Albert wiederhaben.

»Ja, dann ist es wohl besser so. Ob ich wohl einen Moment reinkommen kann? Es ist wirklich verdammt kalt geworden.«

»Ach, wissen Sie, das möchte ich nicht so gerne. Es ist ja nicht mein Haus …«

»Gut«, der Polizist klang genervt, sogar ein bisschen böse. Das wunderte Lewe nicht, er hatte ja schon nach wenigen Minuten an der Tür angefangen, mit den Zähnen zu klappern. »Dann möchte ich, dass Sie mir bitte ganz genau sagen, in welcher Beziehung Sie zu Herrn oder Frau Steensen stehen.«

»Ich bin eine alte Freundin.«

»Also keine Cousine.«

»Nein, keine Cousine. War's das jetzt? Mir wird kalt.«

»Gute Frau, erst lügen Sie mich an und dann wimmeln Sie mich ab. Ich muss hier meine Arbeit machen.«

Die Kälte zog von der offenen Tür langsam ins Haus. Lewe sah sich in der Küche nach etwas um, das er zusätzlich anziehen konnte. Er fror.

Die Stimme der Frau, schmeichelnd. »Nein, das würde mir nicht einfallen. Das war auch nicht gelogen, ich gehöre im Grunde zur Familie, Bendix und ich kennen uns schon ewig. Wir waren vor vielen Jahren mal ein Paar und haben uns seitdem nie aus den Augen verloren.«

»Haben Sie ein Verhältnis mit ihm?«

»Ein was?« Zum ersten Mal hörte Lewe die Frau richtig lachen. Es klang aber nicht fröhlich. »Nein. Ganz sicher nicht.«

»Und Sie können mir auch keine Auskunft darüber geben, wo sich die Mutter und die Großmutter des Jungen aufhalten?«

»Nein, tut mir leid. Das haben sie mir nicht gesagt. Aber Sie müssen sich keine Sorgen machen, ich habe ja heute Nachmittag mit ihnen telefoniert und da war alles in Ordnung. Wahrscheinlich haben die auch gerade kein Netz.«

Lewe schlich sich an den Küchentisch. Der Becher mit dem Kakao stand immer noch dort. Er trank ihn in einem Zug leer und stellte sich wieder an die Tür.

»Gut, abgemacht, dann sehen wir uns morgen früh bei mir in der Amtsstube.«

Diese Vereinbarung vor der Verabschiedung hörte Lewe wie aus weiter Ferne. Nicht schlimm.

Er war sooo müde.

Jetzt würde er Albert gleich wiederbekommen.

Er setzte sich auf den Boden neben der Tür und war eingeschlafen, noch bevor die Rothaarige wieder zurück in der Küche war.

HENRIKE

Sie hatte sich schnell eingelebt in Hamburg.

Eine winzige Wohnung gemietet.

Ihre Sachen hatte sie in einem kleinen VW-Bus transportiert, den Carola von irgendeinem Freund für ein Wochenende ausgeliehen hatte. Es waren ja nicht viele. Alles andere wollte sie zurücklassen. Alle schlechten Erinnerungen, alle Sorgen, alles Leid.

Da sie außer Carola niemanden in Nordfriesland kannte, gab es auch nichts und niemanden, den sie vermisste in der Stadt.

Nur das Baby fehlte ihr.

Ihre Traurigkeit hatte sich von einem grauenhaften Schmerz in die dumpfe Begleiterscheinung eines jeden Tages verwandelt. Der erste und der letzte Gedanke drehte sich immer um das, was hätte sein können.

Wenn sie ihr Baby besser beschützt hätte.

Wenn sie nicht zugelassen hätte, dass er ihr so wehtat.

Bei jedem kleinen Kind, das sie sah, bei jedem schwangeren Bauch traf sie der Verlust erneut, mit voller Wucht. Aber jetzt, nach einigen Monaten, konnte sie langsam damit umgehen.

Sie hatte damit begonnen, Tagebuch zu schreiben. Hatte Seite um Seite mit Gedanken und Träumen und Wünschen gefüllt. Sich all ihren Hass von der Seele geschrieben. Ihre Ängste in Worte gefasst. Sich selbst therapiert mit Gedanken, die sie nicht aussprechen wollte. Wünschen, die sie niemandem mitteilen konnte außer den Seiten ihres Tagebuchs.

Und schließlich hatte sie ihn wiedergefunden. Wenn auch eher zufällig.

Nach der Arbeit war sie mit einer Kollegin noch einen Wein trinken gegangen, in der Nähe der Praxis, in der sie angefangen hatte. Und in der kleinen Bar, die die Kollegin vorgeschlagen hatte, arbeitete er hinter dem Tresen.

Sie hatte auf einem Tisch in der hintersten Ecke des Lokals bestanden und war froh gewesen, als eine Kellnerin die Bestellungen am Tisch entgegennahm.

Diesem Abend folgten weitere Besuche bei der Bar.

Nach Feierabend saß sie in ihrem Auto vor dem Lokal und beobachtete ihn. So fand sie heraus, wo er wohnte und an welchen Tagen er arbeitete.

Er schien zufrieden und glücklich. Schien nichts zu vermissen, vor allem nicht sie. Schon gar nicht das Baby.

Zu den Frauen, die seinetwegen am Tresen der Bar herumlungerten, war er gleichermaßen charmant, ohne eine bestimmte zu bevorzugen.

Sie hatte lange überlegt, ob sie ihn ansprechen sollte, es dann aber gelassen.

Es reichte ihr, ihm ab und an zuzusehen. Sie wusste, irgendwann würde er zu ihr zurückkehren. Nicht ohne Grund nahm er nie eine der Barbekanntschaften mit nach Hause.

Sie hatte ihre Handynummer nicht geändert. Er würde sich sicher melden. Irgendwann.

Und bis dahin würde sie in seiner Nähe bleiben.

FÜNFUNDDREISSIG

Bendix war jetzt kurz vor dem Durchdrehen. Nach endlosen Stunden, die sich wie Tage angefühlt hatten, war er endlich in Niebüll angekommen. Der kleine Bahnhof hatte inzwischen zwar eine Überdachung, sodass der immer noch heftig fallende Schnee ihn nicht sofort durchnässte, aber das war auch schon das Einzige, was seit seiner Ankunft gut gelaufen war.

Von Insa oder seiner Mutter hatte er immer noch nichts gehört.

Gretes Freundin ging nicht an ihr verdammtes Telefon.

Sein Kumpel Thorsten stand entgegen der Absprache nicht vor dem Bahnhof. Und hatte sein Handy ausgeschaltet. Danke, Thoddie.

Eine Autovermietung im Bahnhof war natürlich auch Fehlanzeige. Bisher war Bendix nie in die Verlegenheit gekommen, in dieser Stadt mit ihren knapp zehntausend Einwohnern einen Wagen mieten zu müssen, weil er immer direkt von Hamburg mit dem eigenen Auto an den Deich gefahren war. Daher hatte er auch nicht damit gerechnet, nach einem Mietwagen suchen zu müssen. Noch dazu um diese Zeit.

Immerhin gut, dass er nicht bis nach Klanxbüll weitergefahren war. Ganz kurz hatte er darüber nachgedacht, denn die nächste Station der Bahn lag etwas näher am Haus seiner Mutter. Aber in Klanxbüll war noch weniger Leben als in Niebüll.

Noch dazu bei diesem Wetter. Er konnte sich nicht daran erinnern, in seiner Heimat jemals ein solches Schneetreiben erlebt zu haben.

Vielleicht im Winter 1978/79, bei der Schneekatastrophe. Die Weihnachtsferien waren damals verlängert worden, das wusste er noch. Und der ältere Bruder seines besten Freundes war als Bundeswehrsoldat damit beschäftigt gewesen, die Straßen frei zu halten, vor allem den Weg zum Krankenhaus in Niebüll. Der hatte mächtig damit angegeben, wie schwer und wie gefährlich seine Arbeit gewesen sei.

Bendix schaute prüfend in das endlose dunkle Grau des Himmels. Bedrohlich. Der starke Wind sorgte dafür, dass sich auf den Straßen bereits kleine Gebirge aus frischem Weiß auftürmten, für die seine eleganten schwarzen Business-Lederschuhe nun wirklich nicht geeignet waren.

Ihm war kalt, weil auch der zwar schicke, aber eher für Innenräume und kurze Aufenthalte auf Flughäfen geeignete Mantel nach wenigen Minuten klatschnass war. Er hatte weder einen Hut noch Schal oder gar Handschuhe eingepackt und zerrte seinen kleinen Rollkoffer wütend hinter sich her. Mittlerweile war er froh, dass wenigstens das große Gepäck in Heathrow geblieben war.

Vor dem Büro der Autovermietung stand er vor einer verschlossenen Tür. Kein Wunder, es war bereits weit nach Mitternacht. Aber ein handgeschriebener Zettel im Fenster wies darauf hin, dass der Eigentümer »gleich zurück« sei. Und es brannte noch Licht über dem Schreibtisch. Wenn der Inhaber nach Hause gegangen wäre, dann hätte er das doch ausgeschaltet.

Immer wieder probierte Bendix, seine Frau, seinen Sohn, den Festnetzanschluss seiner Mutter und die Polizeistation in Rodenäs zu erreichen, aber jetzt war bei allen sofort ein seltsames Tuten zu hören.

Obwohl er sich eng an die Ladentür gelehnt hatte, verwandelte sich Bendix in wenigen Minuten beinahe in einen Schneemann.

Der Inhaber des Ladens konnte sich ein Lachen kaum verkneifen, als er, mit einer Tüte Pommes in der Hand, schließlich doch auftauchte.

»Moin, na, Sie sehen ja lustig aus. Is schon wieder Weihnachten?«

»Mir ist gerade gar nicht zum Lachen, ich möchte einfach nur schnell einen Wagen mieten.«

Der Mann drückte ihm die Fritten in die Hand und nestelte einen Schlüssel aus der Hosentasche. »Ja, tut mir leid, aber daraus wird nichts.« Er nahm die Pommes wieder und ging vor in das kleine Büro.

»Das kann nicht Ihr Ernst sein! Es ist doch nicht einmal Saison, wer soll denn jetzt im Februar in einem Kaff wie Niebüll mit diesen ganzen Autos herumfahren? Im Sommer haben Sie doch wahrscheinlich einen ganzen Fuhrpark zur Verfügung?«

»Ich würde Ihnen ja wirklich gerne helfen, aber wie Sie selbst richtig festgestellt haben, ist der Winter für uns nicht so richtig Saison und da gebe ich die Wagen dann alle mal zur Inspektion. Das ist die beste Zeit, um alles gründlich von innen reinigen zu lassen und solche Sachen, für die sonst einfach immer zu wenig Zeit ist.« Der Mann zuckte bedauernd die Schultern, während er sich aus seiner wattierten Jacke schälte. »Und tatsächlich sind auch zwei Wagen verliehen. In Berlin und Hamburg sind nämlich gerade Winterferien, wissen Sie?«

Er bot seinem Kunden keinen Platz an, wahrscheinlich

war er froh, wenn Bendix, der momentan den Fußboden vor der Eingangstür volltropfte, seinen Laden schnell wieder verließ. »Ist sowieso Zufall, dass ich um diese Zeit noch hier bin. Eigentlich haben wir längst geschlossen.«

Am liebsten hätte Bendix dem Typen seine fettigen Fritten vor Wut in den Hals gestopft, aber selbst dazu fehlte ihm inzwischen die Kraft.

»Sie können sich aber gerne einen Augenblick aufwärmen. Sie sind ja ganz schön nass geworden. Setzen Sie sich doch.« Der Autovermieter deutete auf einen unbequem aussehenden Stuhl aus Kunststoff, der an das schmale Stück Wand zwischen Eingangstür und Schreibtisch geklemmt war. »Ich könnte versuchen, Ihnen ein Taxi zu rufen. Soll ich?« Er zerknüllte die leere Pommestüte, warf sie gekonnt in einen Mülleimer auf der anderen Seite des Büros und wischte sich die fettigen Finger an der Hose ab.

Jetzt wusste Bendix plötzlich, wieso der Typ ihm gleich so bekannt vorgekommen war. »Sönke? Bist du Sönke Kruse?«

Der Typ schaute ihn fragend an.

»Ich bin Bendix. Bendix Steensen. Wir haben eine Zeit lang zusammen Handball gespielt, hier in Niebüll, ist 'ne Weile her, aber …«

»Alter, das gibt's ja gar nicht. Der alte Steensen. Mann, dich hätte ich nicht wiedererkannt.« Sönke ließ seinen Blick über Mantel, Schuhe und Rollkoffer gleiten. »Bist gut im Geschäft, wa?«

Bendix hatte weder Zeit noch Lust auf einen Smalltalk mit seinem alten Sportkumpel, er wollte nach Hause zu seinem Sohn, und das so schnell wie möglich. Andererseits konnte es ihm vielleicht nützlich sein, die alte Bekanntschaft etwas aufleben zu lassen. »Ja, geht ganz gut. Sag mal, gibt's denn wirklich keine Möglichkeit, einen Wagen zu bekommen? Muss ja nichts Besonderes sein, ich muss damit ja nur die paar Kilometer bis nach Rodenäs.«

Sönke deutete nach draußen. »Bei dem Wetter?« Er schüttelte den Kopf. »Ist dir nicht aufgefallen, dass auf den Straßen gar nichts los ist? Hat 'ne Unwetterwarnung gegeben, die sitzen alle schön zu Hause. Im Radio haben sie auch gesagt, dass die Schule ausfällt. In ganz Nordfriesland. Ich bin auch nur noch mal ins Büro gekommen, weil meine Alte zu Hause mich irre macht. Die feiert heute mit ihren Freundinnen ihren Geburtstag nach.« Er verdrehte die Augen. »Ich habe Glück, irgendwo ist ein Mast umgekippt, Handys funktionieren seit einer halben Stunde nicht mehr und Festnetz habe ich hier nicht. Kann mich also keiner nach Hause beordern zum Schneeschieben. Sollen die Ladys sich mal selbst drum kümmern.« Er lachte laut und künstlich. »Aber bei dem Sturm und Schnee bis nach Rodenäs raus, zu euch an den Deich? Das kannste vergessen, da fährt ja kein Räumfahrzeug, das ist ja ein Abenteuer auf den Straßen da. Ich meine, hier in der Stadt geht's ja noch, da stehen die Häuser, die dann die schlimmsten Verwehungen auf den Straßen verhindern, aber selbst hier … Nein, mein Freund, ich bin froh, dass ich nachher zu Fuß nach Hause gehen kann.«

Verdammt, kein Handynetz mehr. Kein Wunder, dass er niemanden erreichen konnte. Das erklärte auch das seltsame Tuten. Bendix holte tief Luft, für einen Moment hatte er das Gefühl, als würde ihn jemand würgen.

»Geht's dir nicht gut? Soll ich dir ein Glas Wasser holen?« Sönke stand besorgt von seinem Stuhl auf. »Du bist ganz blass geworden, was ist denn los?«

»Sönke, bitte, ich muss wirklich unbedingt und auf der Stelle zum Haus meiner Mutter.« Da kam Bendix eine andere Idee. »Oder kannst du mich vielleicht zur Polizeistation bringen?«

Sönkes Blick wechselte von besorgt zu ängstlich. »Was willst du denn bei der Polizei?«

»Kannst du mich fahren oder muss ich hinlaufen? Das ist gar nicht weit von hier, oder?« Bendix erinnerte sich dunkel an den Standort der Polizei in Niebüll. Wenn er nicht komplett falschlag, dann musste er einfach die Gather Landstraße weiter in Richtung Deichkopp laufen. Höchstens zehn, vielleicht fünfzehn Minuten Fußweg. Er war sowieso schon komplett nass, das machte also auch nichts mehr aus. »Kann ich meinen Koffer bei dir stehen lassen?«

»Hey, komm, nun warte mal.« Sönke stemmte seinen schweren, ehemals durchtrainierten Handballerkörper aus dem Drehstuhl am Schreibtisch. »Du kannst doch so, wie du angezogen bist, nicht wieder raus in den Schnee. Du holst dir ja den Tod. Ich habe hinten meine Sporttasche mit frischen Trainingsklamotten, wird dir alles etwas zu groß sein, aber es ist trocken und warm. Einen Tee kann ich dir auch machen, ich habe einen Wasserkocher und 'ne Buddel Rum müsste hier auch noch irgendwo stehen …«

Sönke verschwand durch eine Tür hinter seinem Schreibtisch, die offenbar in die hinteren Bereiche des kleinen Büros führte. »Ich will ja nicht daran schuld sein, wenn du krank wirst …«

Bendix stand wie auf glühenden Kohlen. Er wollte weg hier. Nach Hause. Er wollte wissen, wo Insa war und wie es seinem Sohn ging. Und er wollte herausfinden, ob sein Verdacht hinsichtlich Henrike richtig gewesen war, und dazu musste er den Polizisten aus Rodenäs unbedingt erreichen.

»Tee nicht, danke«, rief er. »Aber das Angebot mit den

trockenen Sachen nehme ich sehr gerne an.« Er würde sich umziehen und dann zur Polizeistation gehen.

Die mussten den Dorfbullen doch wenigstens über Funk erreichen können.

SECHSUNDDREISSIG

Bruno Behrend saß noch immer in seinem Wagen. Die Windschutzscheibe war inzwischen weiß, nur der Scheibenwischer ermöglichte ab und zu Durchblick. Immer wieder schaute er durch das Seitenfenster zum Haus hinüber.

Eine Katze tapste durch die Schneewehen, und der Bewegungsmelder an der Tür sprang an und tauchte Vorgarten und Haustür für kurze Zeit in grelles Licht. Seine eigenen Fußspuren waren noch an einigen Stellen zu sehen, an anderen bereits verweht. Sein Blick fiel auf einen blauen Müllsack seitlich des Hauseingangs, dann schaltete sich das Licht wieder aus.

Irgendetwas hatte ihm an der Frau ganz und gar nicht gefallen. Und hatte der Junge nicht irgendwie ängstlich ausgesehen?

Behrend schüttelte den Kopf. Vielleicht bildete er sich das alles auch nur ein.

Er startete den Wagen.

Erinnerte sich an den Fall der vermeintlichen Entführung vor ein paar Wochen, als eine alleinerziehende Mutter ihn beinahe wahnsinnig gemacht hatte. Ihr Teenagersohn sei wie vom Erdboden verschluckt, seit Stunden nicht auffindbar, sicher sei etwas Schreckliches geschehen.

Großeinsatz. Verstärkung aus Niebüll und Husum. Motorradstaffel. Und dann hatten sie den Jungen gefunden. Im Hobbyraum im Keller vor dem Fernseher. Wo er einfach mal »meine Ruhe vor meiner Mutter« haben wollte, die ihm auf die Nerven ging. Und dafür der Riesenaufwand. Er hatte sich mächtig Ärger eingefangen von seinem Vorgesetzten in Husum.

Bruno legte den Rückwärtsgang ein, schaute noch einmal zum Haus.

Warum lag plötzlich ein Müllbeutel vor dem Eingang? Der war doch vorhin noch nicht da gewesen?

Er schaltete den Motor wieder aus. Öffnete die Wagentür, ging langsam zum Hauseingang.

Wieder das grelle Licht.

Der Müllbeutel war schwer.

Bruno fühlte sich unwohl, so direkt vor der Haustür. Er hob den blauen Sack an und trug ihn zum Auto. Legte ihn vor dem Kofferraum ab. Wischte mit dem Ärmel eine Schneeschicht vom Fenster, öffnete die Klappe und nahm die große Taschenlampe aus seiner Einsatzkiste.

Seltsamer Geruch aus dem Sack.

Er löste den Knoten im Plastik und leuchtete hinein.

Stutzte kurz, zog den Sack auf und schaute noch einmal. Musste würgen, beugte sich zur Seite und übergab sich.

Jetzt wusste er, dass hier etwas ganz und gar nicht in Ordnung war.

Er musste auf der Stelle Verstärkung rufen.

SIEBENUNDDREISSIG

Trainingshose war etwas zu viel versprochen. Sönke hatte Bendix mit einer ausgebeulten Sweathose in einer undefinierbaren Farbe zwischen Senf und Natogrün ausgestattet. Aber sie war trocken, genau wie das nicht dazupassende Sweatshirt mit dem Werbeaufdruck einer Niebüller Fleischerei. Sönke hatte ihn außerdem genötigt, seine nassen Lederschuhe auszuziehen und gegen ein paar ebenfalls zu große Gummistiefel einzutauschen, die er aus dem Kofferraum seines Wagens geholt hatte.

»Ich würde dir ja auch mein Auto leihen, aber bei dem Wetter kommst du hier gar nicht weg. Ich fahr noch mit Sommerreifen.«

»Bitte?«

»Ja, ich weiß. Ist halt so, wenn man selber viel mit Autos zu tun hat. Meistens bin ich ja mit irgendeiner schicken Karre aus dem Fuhrpark unterwegs, aber die sind eben gerade alle in der Werkstatt. Da hab ich mir heute den kleinen Grünen von meiner Frau ausgeliehen. Der steht sowieso nur rum, die geht meist zu Fuß oder nimmt das Rad. Ist auch für alle Beteiligten besser, wenn du mich fragst.«

Sönke grinste, als er seinen fertig angezogenen früheren Kumpel betrachtete. »Jedenfalls, weil das Auto meistens in der Garage steht, habe ich einfach vergessen, die Reifen zu wechseln. Rechnet ja auch keiner damit, dass im Februar noch mal der Winter so fett zurückkommt. Ich hätte heute früh auch laufen können, aber ich musste 'ne Kiste Bier holen. Die paar Meter nach Hause wird's schon gehen.«

Bendix überlegte, ob er es in einem Kleinwagen mit Sommerreifen wohl bis an den Deich schaffen würde. Er war immer ein guter Autofahrer gewesen. Aber unter diesen Bedingungen?

Sönke versuchte weiter, ihm die Fahrt nach Hause auszureden. »Hier in Niebüll werden die sicher noch räumen, aber bei dir da draußen? Ich meine, ist ja nun schon lange überall Feierabend, da werden die von der Stadt sich jetzt auch kein Bein mehr ausreißen. Ist auch manchmal morgens schon alles wieder weggetaut.«

»Das glaube ich eher weniger.« Bendix warf einen Blick durch die Glastür auf das dichte Schneetreiben. »Hast du ausprobiert, ob dein Handy wieder funktioniert?«

»Fehlanzeige, und das Internet hat auch aufgegeben. Festnetz ist inzwischen wohl ebenfalls tot. Haben sie im Radio gesagt, gerade, als du aufm Klo warst.« Sönke deutete auf das plärrende Transistorradio im Regal, lehnte sich gegen den Schreibtisch und verschränkte die Arme vor der Brust. »Was meinst du, soll ich mal gucken, ob ich hinten in den Schränken ein schönes Schlückchen für uns finde, und wir warten das Schlimmste erst einmal ab?«

»Sönke, ich kann nicht. Wirklich nicht.« Bendix verstaute seine Brieftasche in den Untiefen der geliehenen Hose und schaltete sein Handy aus. Wenn das Netz momentan ohnehin nicht funktionierte, dann konnte er auch ebenso gut den Akku eine Weile schonen. Wer wusste schon, wann die nächste Steckdose zum Laden auftauchte?

»Warum hast du's denn so eilig? Du bist doch in zwei Minuten wieder genauso klatschnass wie eben.« Sönke signalisierte Unverständnis. »Es kann doch nun wirklich nichts so dringend sein, dass es bei dem Schnee nicht noch ein paar Stunden warten kann.«

»Doch, tut mir leid.«

»Willst du mir nicht sagen, was los ist? Vielleicht kann ich dir helfen. Immerhin kenne ich eine Menge Leute hier und ich könnte …«

»Du könntest was, Sönke? Jemanden anrufen?« Bendix hörte selbst, wie verzweifelt er klang. »Meine Frau ist seit heute Vormittag verschwunden, zusammen mit meiner Mutter. Und mein Sohn ist allein und fürchtet sich zu Tode. Ich *muss* nach Hause, verstehst du das?«

»Kein Grund, mich anzuschreien. Wie alt ist denn dein Junge? Zehn? Elf?«

»Er ist gerade neun geworden.« Bendix sah sich im Büro der Autovermietung nach etwas um, das er als Kopfschutz benutzen konnte.

»Na, dann ist er auf jeden Fall in der Lage, sich was zu essen zu machen, und den Hintern kann er sich auch alleine abwischen, was?« Sönke schlug ihm kumpelhaft auf die Schulter, aber Bendix schüttelte die Hand ab.

»Ich glaube, du verstehst es nicht.« Er wurde lauter und konnte die Ernsthaftigkeit seiner Ansage auch am ängstlichen Gesichtsausdruck seines Gegenübers ablesen. »Meine Familie ist verschwunden. Ich habe keine Ahnung, ob mein Sohn alleine zu Hause ist und einfach nur Angst hat oder ob Henrike bei ihm aufgetaucht ist. Deshalb muss ich sofort weiter. Hast du irgendwo einen Hut oder eine Mütze? Und Handschuhe vielleicht?«

Sönke ging wie hypnotisiert um den Schreibtisch herum und zog aus einer Schublade eine Basecap mit dem Werbeaufdruck der Autovermietung. »Geht das?«

»Gib her, besser als gar nichts.«

»Welche Henrike meinst du denn? Also, was kann denn eine Frau schon gegen einen kleinen Jungen haben? Du musst dir doch keine Sorgen machen, wir sind hier in Nordfriesland …«

»Tut mir leid, Sönke. Ich bin dir wirklich sehr dankbar, dass du mir helfen willst, aber ich habe jetzt absolut nicht die Muße für lange Erklärungen. Ich habe ohnehin schon viel zu viel Zeit verschwendet. Meinen Koffer lasse ich erst einmal hier bei dir.« Bendix nahm einen Stift aus dem Senfglas auf dem Schreibtisch und zog ein Blatt Papier aus dem Drucker, der darunterstand. »Ich schreib dir die Handynummer meiner Frau auf und die Nummer von uns zu Hause. Versuch weiter, da anzurufen, okay? Damit hilfst du mir am meisten.«

»Und wenn deine Frau sich meldet? Oder dein Sohn? Was sage ich denen?«

»Dass ich mich um Hilfe kümmere. Ach ja, versuch es auch weiter bei dem Dorfbullen in Rodenäs. Der wollte sich um meinen Sohn kümmern, aber er ist auch nicht mehr erreichbar. Wenn du den an die Strippe bekommst, dann sag ihm, er soll Lewe erst mal mit zu sich nach Hause nehmen.«

»Lewe?«

»Meinen Sohn.«

»Klar. Dein Sohn.«

»Und ganz unten steht meine Nummer. Ich hab mein Handy allerdings ausgeschaltet. Schick mir eine SMS, wenn du etwas hörst, ich melde mich dann.« Bendix fühlte sich etwas besser, jetzt, mit einem Ziel vor Augen. Er holte noch einmal tief Luft und öffnete dann die Tür. Bis zur Polizeistation war es nicht weit. Das müsste in weniger als einer halben Stunde zu schaffen sein.

ACHTUNDDREISSIG

Endlich.

Insa lehnte sich an die Wand des Hauses. Sie zitterte, war komplett durchnässt und erschöpft. Aber all das spürte sie in diesem Moment kaum. Sie wusste, sie war nur wenige Kilometer vom Haus ihrer Schwiegermutter entfernt.

Und nun war sie an einem Haus angelangt, in dem es ganz sicher ein Telefon gab, in der Garage stand ganz sicher ein Auto, das sie schnell nach Hause bringen konnte.

Auf der schmalen Straße war kein Mensch zu sehen. In den weit auseinanderstehenden Häusern brannte nirgendwo Licht. Nur alle paar Meter eine orange leuchtende Straßenlampe. Trostlose Stille.

Keine Spuren im Schnee, hier war schon seit Stunden niemand mehr entlanggefahren oder -gegangen.

Insa fühlte sich ausgelaugt, die Schmerzen in Schulter und Bein hatten sich zu einem Gefühl wie schwerer Muskelkater entwickelt. Immer wieder spürte sie einen Kloß im Hals, weil sie die Gedanken an Grete nicht abschütteln konnte, sosehr sie sich auch bemühte.

Die Stille war beinahe unheimlich. Ihr Atmen sandte weiße Wölkchen in die kalte Luft. Das einzige Geräusch war das Sirren eines kleinen Lichtes über der Tür des Hauses, vor dem sie stand.

Ein beleuchtetes Klingelschild: H. Haustedt.

Insa holte noch einmal tief Luft und klingelte. Die Glocke bimmelte nicht nur im Haus, sondern auch irgendwo an der Außenseite. Damit man bei der Gartenarbeit auch ja nicht den Briefträger verpasste.

Geräusche hinter der Tür, ein Schatten hinter dem gelben Milchglas. »Hallo? Wer ist denn da?« Eine zittrige weibliche Stimme. Alt. Ängstlich.

Insa trat noch einen Schritt vor und sprach so laut sie konnte. »Mein Name ist Insa Steensen, ich brauche dringend Hilfe. Bitte machen Sie die Tür auf.«

»Ich kenne Sie nicht. Verschwinden Sie.«

»Bitte! Ich bin nicht gefährlich, ich bin verletzt und brauche dringend ein Telefon! Ich …«

»Es ist mitten in der Nacht, rufen Sie die Polizei, wenn Sie Hilfe brauchen.« Der Schatten verschwand wieder.

Insa sank verzweifelt in die Knie. Sie musste weitergehen, musste ein Haus finden, in dem man sie telefonieren ließ, ein Auto, eine trockene Jacke. Sie konnte hier nicht nur sitzen und heulen.

Bendix würde sich Sorgen machen. Sie musste nach Hause. Aber sie hatte einfach keine Kraft mehr. Sie wollte hierbleiben, einschlafen und in ihrem Bett wieder aufwachen. Unter einer weichen, warmen Decke liegen, von Küssen geweckt werden, heißen Kakao trinken, den ganzen Tag nicht aufstehen.

Leise öffnete sich die Tür hinter ihr. Im Türspalt über einer Sicherungskette ein blasses Gesicht mit wild nach oben stehenden grauen Haaren. »Was ist denn mit Ihnen passiert?«

Insa wischte sich die Tränen ab. »Das ist eine lange Geschichte.«

Die Tür wurde geschlossen, entriegelt, wieder geöffnet. Eine kleine, zarte Frau, älter als Grete, die eine altmodische

Brille mit dicken Gläsern trug. Ein besorgter Gesichtsausdruck, als sie sagte: »Na, dann kommen Sie erst mal rein. Sie sind ja völlig durchnässt.«

»Danke.« Insa richtete sich auf.

»Wie gut, dass ich immer noch diese Schlafstörungen habe, sonst hätte ich das Klingeln vielleicht gar nicht gehört. Um diese Zeit rechnet man ja auch nicht mit Besuch, aber seit ich allein bin …«

»Haben Sie ein Telefon?«

»Ja, natürlich habe ich Telefon.« Die alte Dame schloss die Tür hinter ihnen und schob Insa in ein mit Möbeln vollgestelltes Wohnzimmer.

Sofort brach ihr der Schweiß aus. Hier musste seit Tagen nicht gelüftet worden sein. Es roch süßlich nach Kamillentee und nach altem Staub.

»Da steht der Apparat. Ich schau mal, ob ich etwas Trockenes zum Anziehen für Sie finde, es müsste noch etwas von meiner Tochter im Schrank hängen, das könnte passen«, murmelte die alte Frau und verschwand.

Neben einem beigefarbenen Fernsehsessel mit Fußstütze stand auf einem kleinen Beistelltisch ein Telefon mit Wählscheibe. Ein grauer Apparat, eingehüllt von einem barocken Samtbezug mit Goldrand. Insa musste kurz schlucken, als sie daran dachte, dass ihre Schwiegermutter früher eine ganz ähnliche Hülle für ihr altes Telefon gehabt hatte.

Ihre tote Schwiegermutter.

Sie hob den Hörer ab und hörte gar nichts.

Insa schlug mehrfach auf die Gabel, aber die Leitung blieb tot.

»So, sehen Sie mal, hier habe ich eine Hose und einen Pullover, die müssten passen, und etwas Wäsche. Haben Sie jemanden erreicht?« Die alte Dame deutete auf das Telefon.

»Die Leitung ist tot. Kann es sein, dass Ihr Telefon kaputt ist? Haben Sie ein Handy?«

»Ein was?« Energisch schüttelte die Frau den Kopf und reichte ihr ein Handtuch. »Nein, meine Liebe, so etwas habe ich nicht. Und das Telefon hat immer gut funktioniert. Aber jetzt, da Sie es sagen, fällt es mir wieder ein. Vorhin im Radio haben sie berichtet, dass der Sturm die Telefonleitung hier oben lahmgelegt hat.«

Insa nahm das Handtuch und trocknete sich die Haare. »Ich muss sehr dringend telefonieren. Hat einer Ihrer Nachbarn vielleicht ein Handy?«

Die Frau setzte sich auf das grüne Plüschsofa und richtete die Spitzendeckchen, die auf den Armlehnen lagen, gerade, während sie überlegte. »Also, das nächste Haus hier links, da wohnt Theo, der ist noch älter als ich, der hat so etwas sicher nicht. Auf der anderen Seite die Lauritzens, da arbeitet er in Flensburg in so einer Firma mit Computern, der könnte so ein Handy haben. Aber die sind in Urlaub gefahren.«

Insa knöpfte die weinrote Cordhose zu, die die Frau ihr gegeben hatte. Sie war etwas lang, aber immerhin trocken. Während sie die Hosenbeine aufkrempelte, setzte sie nach: »Oder gibt es jemanden, der ein Auto hat? Hat dieser Theo vielleicht einen Wagen? Oder können Sie mir ein Fahrrad leihen?«

»Kindchen, Sie können doch bei diesem Wetter nicht auf dem Fahrrad fahren. Da holen Sie sich ja eine Lungenentzündung.« Die alte Frau stand auf. »Sie ziehen sich jetzt erst einmal fertig um und dann kommen Sie in die Küche, ich mache Ihnen einen Tee mit Schuss und Sie erzählen mir die ganze Geschichte.«

Frau Haustedt schien den nächtlichen Besuch durchaus

zu genießen. Wahrscheinlich hatte sie wenig Gesellschaft und hoffte auf einen ausgedehnten Plausch.

Insa hielt die Frau auf, fasste sie vorsichtig an den Schultern, sie war beinahe einen Kopf kleiner und wirkte zerbrechlich. »Es ist wirklich wichtig, dass ich so schnell wie möglich mit meinem Mann spreche. Meine Schwiegermutter und ich sind überfallen worden, ich habe ewig gebraucht, um überhaupt hierherzukommen. Mein Mann hat wahrscheinlich schon die Polizei benachrichtigt. Verstehen Sie, ich *muss* mich melden, damit die wissen, wo ich bin.«

Erschrocken aufgerissene Augen. »Sie sind überfallen worden?«

»Halb so schlimm.« Insa schluckte.

»Sind Sie verletzt?«

»Nein, nein, alles in Ordnung.«

»Und wo ist Ihre Schwiegermutter jetzt?«

»Der geht es nicht gut …« Insa merkte selbst, wie sehr ihre Stimme zitterte. »Ich muss nur aus den nassen Sachen raus und dann nach Hause.«

Die Erschrockenheit wich einer Entschlossenheit, die Insa der alten Frau nicht zugetraut hätte. Resolut wurde sie in Richtung des grünen Kachelofens geschoben, der behagliche Wärme ausstrahlte. Frau Haustedt schloss die Türen einer nussbaumfarbenen Kommode auf und zog daraus eine Flasche mit einer dunkelbraunen Flüssigkeit und zwei Gläser hervor. Sie schenkte großzügig ein und reichte Insa eines der Gläser. »Selbstgebrannter, der wärmt richtig durch.«

Sie hob das Glas und kippte den Inhalt in einem einzigen beeindruckenden Zug hinunter. »So, Sie ruhen sich jetzt noch ein wenig aus und ich bimmel Theo aus dem Bett.

Der hat ein Auto. Ist zwar ein sehr altes Modell, aber das wird schon gehen.«

»Danke.« Erleichtert stellte Insa das Glas ab und griff erneut nach dem Kleiderstapel, den Frau Haustedt auf einem Sessel abgelegt hatte.

Die alte Dame zog energisch den Gürtel ihres rosafarbenen Morgenmantels straff, strich sich durch die Haare und nickte Insa noch einmal zu. »Hoffentlich hat der alte Tölpel auch getankt.«

HENRIKE

Sie war irgendwann immerhin zufrieden gewesen. Von Glück mochte sie nicht sprechen, aber sie war auf dem Weg dorthin.

Die ersten Jahre danach waren wirklich schwer gewesen. Sie war so oft so traurig. An manchen Tagen hatte sie sich gar keine Zukunft vorstellen können, an anderen war die Erinnerung an das Vergangene so stark, dass sie fest daran glaubte, nie mehr etwas so Wunderbares zu erleben.

Die Tagebücher hatten ihr aber dabei geholfen, die Gedanken in eine neue Richtung zu lenken. Sie hatte sie später immer wieder gelesen, sich immer wieder damit beschäftigt, welche Fehler sie damals gemacht hatte.

War immer zu demselben Schluss gekommen: Sie hätte besser aufpassen müssen, aber es war seine Schuld.

Er hätte bei ihr bleiben müssen.

Sie hätten eine Familie sein sollen.

Sie hatte nie aufgehört, ihn zu verfolgen, aber im Laufe der Jahre war sie immer weiter von ihm abgerückt.

Ab und zu ein Anruf in seiner Firma, um zu überprüfen, ob sie ihn dort noch finden konnte.

Ab und zu ein Blick auf sein Facebookprofil, seit alle so etwas hatten.

Ab und zu eine unverdächtige Frage an Carola, die immer wieder davon geredet hatte, dass sie loslassen müsse und endlich ein neues Leben beginnen.

Das hatte sie ja auch.

Pascal zu treffen war wie ein Wink des Schicksals. Ein Zeichen dafür, Altes hinter sich zu lassen.

Wieder hatte sie beim Einparken nicht aufgepasst, und er war ihr mit dem Fahrrad in die Seitentür gefahren. Nur dass es diesmal nicht geplant gewesen war.

Pascal war wunderbar.

Liebte sie, weil er sich so gern in ihren traurigen Augen verlor, sagte er. Liebte sie, weil sie nicht dauernd redete, wie die anderen Frauen, die er kannte. Liebte sie, weil sie ihm auch seinen Freiraum ließ.

Inzwischen waren Monate vergangen.

Pascal blieb.

Rief an.

Schickte Nachrichten, bevor er schlafen ging.

Schickte ihr Blumen. Und einen Kuchen.

Wollte mir ihr zusammen sein, mit ihr leben.

Er hatte die Narben auf ihren Armen gestreichelt.

Über Kinder hatten sie noch nicht gesprochen. Dazu hatte ihr bisher der Mut gefehlt.

Sie war nicht glücklich. Nicht so wie damals. Aber Pascals Liebe half dabei, die Traurigkeit manchmal zu vergessen. Jedenfalls für Momente.

Er blieb bei ihr.

Auch wenn er wahrscheinlich mehr erwartet hatte. Vielleicht gehofft hatte, dass die Zukunft bunter werden würde.

Aber sie konnte das Grau der Vergangenheit noch nicht ganz abstreifen. Auch wenn sie es für ihn gern getan hätte.

NEUNUNDDREISSIG

Polizist Behrend wischte sich den Mund mit einem alten Taschentuch ab, das er in seiner Anoraktasche gefunden hatte. Den blauen Müllsack schob er mit dem Fuß vorsichtig zur Seite.

Das arme Tier.

Da jahreszeitlich ausgeschlossen werden konnte, dass der Hund unter einen Mähdrescher geraten war, musste er davon ausgehen, dass jemand ziemlich viel Gewalt angewendet hatte, um das Tier so zuzurichten. Er schüttelte sich. Abscheulich.

Da der Müllbeutel außerdem genau vor der Tür gelegen hatte, musste er zudem davon ausgehen, dass jemand für dieses Hundemassaker verantwortlich war, der vermutlich immer noch im Haus war.

Wie konnte man einem wehrlosen Tier nur so etwas antun?

Bruno musste ein Schluchzen unterdrücken, weil die Erinnerung an Asta mit voller Wucht zurückkam. Wie viele Jahre hatte der Schäferhund ihn begleitet? Bis vor wenigen Wochen war das Tier immer treu an seiner Seite gewesen und hatte auf ihn aufgepasst. Wer einem Hund solche Gewalt antat, zu was war der noch fähig?

Meine Güte, diese Irre war mit dem Jungen ganz allein in dem Haus.

Er lehnte sich gegen den Wagen und überlegte. Diese

ganze Situation war eine Nummer zu groß für ihn alleine. Die Rothaarige hatte ganz offensichtlich einen schlimmen Schaden. Wenn er noch mal an der Haustür klingelte, drehte die vielleicht komplett durch und dann konnte Karin ihn nachher auch in so einem blauen Sack entgegennehmen. Wusste er ja nicht, womit die Verrückte bewaffnet war. Auch wenn sie auf den ersten und zweiten Blick relativ normal ausgesehen hatte.

Jetzt konnte er auch die Aufregung des Vaters nachvollziehen. Der Tante war ja alles zuzutrauen. Da musste mindestens ein Psychologe ran. Gab es in Niebüll so einen Spezialisten? Aus Husum würden sie bei dem Wetter sicher niemanden schicken.

Mit dem Handy konnte er niemanden anrufen, aber vielleicht mit dem Funkgerät?

Behrend öffnete die Fahrertür und ließ sich schwer auf den Sitz fallen. Er musste die Hände ein paarmal zu Fäusten ballen, bevor er wieder Gefühl in den Fingern hatte. Vor lauter Entsetzen hatte er nicht bemerkt, wie kalt ihm geworden war, aber jetzt klapperten ihm die Zähne. Er griff nach dem Funkgerät und betete innerlich um eine Verbindung.

»Hallo, Leitstelle Husum hier.«

»Bruno Behrend von der Einzelwache Rodenäs. Ich brauche Verstärkung.«

»Bei was?«

»Ich glaube, Entführung.«

»Hören Sie mal, Behrend, Sie wissen doch, dass ich genaue Angaben brauche. Glauben können Sie in der Kirche. Und es wäre gut, wenn Sie sich kurz fassen, ist einiges los heute Nacht. Dass das Wetter nicht so toll ist, haben Sie ja vielleicht mitbekommen?«

Er konnte die Anspannung am anderen Ende hören. »Ich weiß es ja auch nicht genau. Hier ist eine Frau mit einem Jungen und die hat einen Hund getötet.«

»Einen Hund getötet?«

Behrend merkte selbst, wie seltsam das klingen musste, wenn man es nicht mit eigenen Augen gesehen hatte.

»Hören Sie mal, Kollege. In Bredstedt hat es gerade einen schweren Unfall mit zwei Sattelschleppern gegeben, der Krankenwagen ist auf dem Weg dahin in den Graben gerutscht, aus Langenhorn ist uns gerade ein Notfall mit einem Säugling gemeldet worden, der Erstickungsanfälle hat. Dann ein versuchter PKW-Einbruch auf einem Parkplatz in Niebüll und bei einem Supermarkt in Leck ist die Alarmanlage losgegangen. Soll ich weitermachen oder wollen Sie über Ihren toten Köter noch mal nachdenken?«

»Was ist denn mit den Kollegen in Niebüll? Kann da nicht einer …«

»Warum, glauben Sie, sind Sie in Husum bei der Leitstelle gelandet und nicht beim Revier in Niebüll?«

»Ich weiß, es ist mitten in der Nacht und da sind nicht viele Kollegen dort, aber die Bereitschaft …«

»Behrend, ich werde jetzt auflegen. Ich hab mir eine Notiz gemacht, Ihre Nummer haben wir ja hier und ich schicke Ihnen jemanden, sobald die akuten Probleme unter Kontrolle sind. Momentan kommt hier alle paar Minuten ein neuer Unfall rein. Man sollte gar nicht glauben, wer bei diesem Wetter noch alles auf den Straßen unterwegs ist. Aber solange da bei Ihnen nicht wirklich jemand in Gefahr ist, kann ich Ihnen nicht helfen. Das werden Sie wohl verstehen. Und den Hund können die Kollegen auch nicht wieder lebendig machen.«

Noch bevor Bruno nachdrücklich erklären konnte, dass

er in dieser Situation unbedingt Unterstützung benötigte, war der Kontakt unterbrochen.

»Scheiße!« Er schlug mit der Faust auf das Armaturenbrett. »Scheiße! Scheiße! Scheiße!« Er rieb sich die schmerzenden Finger.

Er war ratlos.

Ein Blick zum Haus. Es war immer noch alles dunkel. Vielleicht waren die Frau und der Junge schlafen gegangen. Dann konnte er auf jeden Fall auf die Verstärkung warten. Irgendwann würde es ja mal aufhören zu schneien. Er musste genau überlegen, was jetzt am besten zu tun war.

Der Kollege in Husum hatte recht. Das hier war kein Notfall. Jedenfalls noch nicht. Vielleicht war der Hund irgendwie aus Versehen gestorben. Er hatte zwar keine Vorstellung, wie das geschehen sein konnte, aber er durfte die Möglichkeit auch nicht ausschließen.

Er klappte den Deckel vom Handschuhfach auf. Fluchte noch einmal.

Die Dienstwaffe lag sicher in seinem Safe im Büro. Die hatte er eigentlich nur am Mann, wenn er zu Schießübungen nach Husum musste.

Zurückfahren und wiederkommen würde viel zu lange dauern. Vielleicht hatte das verrückte Weib das Kind bis dahin auch in einen blauen Sack gesteckt.

Das wollte er sich lieber nicht vorstellen.

Behrend öffnete die Autotür und ging zum Kofferraum. In seiner Einsatzkiste fand er den ausziehbaren Schlagstock und das Reizstoffspray. Immerhin.

Die kugelsichere Weste hatte er nicht mehr getragen, seit er aus Hamburg hierher versetzt worden war. Wofür auch. Beim Katzen-vom-Baum-Holen und Kneipenschlägereien-Schlichten hatte er sich noch nie besonderer Gefahr ausgesetzt gesehen. Vor allem, als er noch seinen Schäferhund hatte.

Bruno schluckte, steckte das Spray und den Stock ein und schloss leise die Kofferraumklappe. Ein prüfender Blick auf sein Handy bestätigte, dass es noch immer kein Netz gab.

Für einen Moment schloss er die Augen.

Dann bewegte er sich langsam Richtung Haus.

VIERZIG

Es war nicht weit bis zur Polizeiwache. Aber er war froh über die Gummistiefel. Der Schnee lag auf dem Gehweg teilweise kniehoch und Bendix musste sich sehr darauf konzentrieren, nicht auszurutschen. Es war wie beschwerliches Waten durch eine Gegenströmung.

Der Wind, der jetzt stoßweise kam, nahm ihm mit seiner Schärfe beinahe den Atem. Er vergrub das Kinn im Kragen und schob die Hände tief in die Taschen.

Absolute Stille auf den Straßen, dann bellte ein Hund, eine Sirene ertönte. Dann wieder nur das Knirschen seiner Schritte im Schnee.

Die Straßenlampen waren ausgeschaltet, das einzige Licht kam von den beleuchteten Hausnummern und Gartenlampen. In einem Vorgarten stand ein mannshoher Schneemann aus Kunststoff, der von innen beleuchtet war.

Hinter ihm ein Auto. Langsam näherte sich der grüne Kleinwagen, um schließlich neben ihm zum Stehen zu kommen. Bendix musste zweimal hinsehen, um Sönke unter der Fellrandkapuze zu erkennen.

Der hatte die Fahrertür geöffnet und winkte ihn zu sich. »Komm schon, steig ein.«

Erleichtert ließ Bendix sich auf den Beifahrersitz fallen.

Sönke grinste. »Kann doch einen alten Kumpel nicht wie Amundsen durch den Schnee tappen lassen. Aber das kostet dich was, mein Freund.«

Mehr als ein »Danke« konnte Bendix sich jedoch nicht abringen. Die Angst um seine Familie lag inzwischen wie ein bleiernes Gewicht auf ihm.

»Ich glaube kaum, dass es eine gute Idee ist, zur Polizei zu fahren.« Sönke deutete auf das Autoradio. »Es hat wohl etliche Unfälle gegeben. Die haben reichlich zu tun. Also, bevor du da nun lange wartest, fahren wir lieber gleich zu deinem Sohn, okay?«

Bendix nickte und starrte wie hypnotisiert auf die weißen Flocken, die in dichtem Gestöber vor ihnen auf die Straße fielen. Im Licht der Scheinwerfer wie eine undurchdringliche Wand. Nicht zu erkennen, was dahinter auf sie wartete.

»Kann aber etwas dauern«, erklärte Sönke, als hätte er seine Gedanken gelesen.

EINUNDVIERZIG

Der Junge war aufgewacht, nur wenige Minuten, nachdem sie in die Küche zurückgekommen war. Seitdem hatte er nicht mehr aufgehört zu weinen.

Ihr tat schon der Kopf weh von seinem Geschrei. Und immer wieder fragte er nach diesem Hund. Immer wieder.

»Hör endlich auf zu weinen.«

»Wo ist Albert? Und wann kommt mein Papa?«

Henrike setzte sich neben ihn auf den Küchenboden und legte ihm einen Arm um die Schulter.

Er war so schmal und so zart. Er zitterte.

»Ist dir kalt?«

Der Junge schüttelte den Kopf und sah sie mit angsterfüllten Augen an.

Er hatte nicht verstanden, was hier passierte. Gar nicht verstanden, dass sie nur hier war, um ihn zu beschützen.

»Du musst dir keine Sorgen machen, ich passe gut auf dich auf. Aber du darfst fremden Menschen nicht vertrauen.« Sanft streichelte sie mit der Hand seine Schulter. »Dieser Polizist, der ist nicht nett.«

»Aber er hat doch gesagt …«

»Schhhhhh!« Der Junge zuckte zusammen. Sie nahm seine Hand zwischen ihre beiden Hände. »Du musst mir zuhören.« Sie versuchte, sich zu beruhigen. »Dieser Mann will dir wehtun. Und ich bin hier, um das zu verhindern. Ich muss dich beschützen, verstehst du?«

»Aber ich will Albert …«

Wieder dieses Heulen.

Er verstand sie einfach nicht.

Henrike stand auf und zog das Kind an der Hand hinter sich her. Sie schob ihn an den Tisch.

Widerwillig setzte er sich. Schluchzte immer noch. Wischte sich den Rotz mit dem Ärmel seines Pullovers ab.

Sie schüttelte ihn. »Hör auf. Hör mit dem verdammten Geschrei auf. Und wenn ich dich noch einmal dabei erwische, dass du einem bösen Mann Zeichen gibst, dann muss ich dich bestrafen, verstehst du?« Sie hielt seine Arme an den Handgelenken fest und sah in sein verheultes Gesicht.

»Aber ich hab doch gar nicht …«

»Ich hab genau gehört, dass du versucht hast, mich zu verraten, obwohl wir etwas anderes besprochen hatten.«

»Nein, das stimmt nicht. Ich hab alles so gemacht, wie Sie wollten.«

Noch mehr Tränen.

Sie ließ seine Hände wieder los. Drehte sich zum Herd. So ging das nicht. Er musste wieder lieb sein.

Sie griff nach dem Messer, das sie achtlos in die Spüle geworfen hatte.

Schnitte hatten sie immer beruhigt. Wenn das Blut aus ihr herausfloss, war jede Spannung mit entwichen. Immer hatte sie sich danach wie gereinigt gefühlt.

Befreit.

Sie wollte dem Jungen helfen.

ZWEIUNDVIERZIG

Der Wagen kroch so langsam über die Straße, dass Insa das Gefühl hatte, sie könnte ebenso gut aussteigen und zu Fuß weitergehen. Aber im Auto war es wenigstens warm. Immer wieder musste sie für einen Moment das Fenster herunterkurbeln. Die Heizungsluft und das eintönige Geplapper zwischen der Musik im Radio machten sie schläfrig.

Kein Mensch auf den Straßen.

Insa war froh, dass sie sich hier so gut auskannte. Der Schnee hatte die Fahrbahn beinahe komplett verschwinden lassen und als einzige Orientierung dienten der Bürgersteig, die vereinzelten Straßenlaternen und die Häuser, die nun links und rechts nach und nach auftauchten.

Sie musste sich sehr konzentrieren, um den alten Jetta unter Kontrolle zu halten. In Hamburg fuhr sie einen modernen kleinen Opel mit Sitzheizung, Einparkhilfe und Automatikgetriebe. Das Modell, in dem sie jetzt unterwegs war, war mindestens dreißig Jahre alt und bar jeden Komforts. Vom Radio einmal abgesehen. Dafür würde sie aufgrund der grell orangefarbenen Lackierung auf jeden Fall nicht aus Versehen von einem Schneeräumfahrzeug überrollt werden. Wenn sich so ein Winterdienst in den nächsten Stunden überhaupt in diese Gegend verirren sollte.

Insas Herz schlug schneller, als sie an der Kreuzung, die nach Rodenäs führte, von rechts ein anderes Auto herankommen sah. Der Fahrer setzte den Blinker und bog nach rechts ab.

Für einen Moment musste sie an den Unfall denken, mit dem alles begonnen hatte. Aber der grüne Wagen fuhr einfach weiter.

Insa folgte ihm und war froh, dass vor ihr jemand Spuren in den Schnee zog, denen sie folgen konnte.

DREIUNDVIERZIG

Bruno Behrend hielt die Taschenlampe direkt vor sich auf den Boden gerichtet. Er wollte auf keinen Fall, dass die Frau ihn sah, bevor er wusste, was da im Haus los war.

Langsam schlich er an der Wand entlang, von der Haustür zum ersten Fenster.

Dunkel. Wahrscheinlich ein Badezimmer, denn die Scheibe war aus geriffeltem Sichtschutzglas.

Mit dem Rücken zur Wand weiter am Haus entlang. Eine Außenjalousie verhinderte den Blick ins nächste Fenster. Als er um die Ecke bog, raubte ihm der eiskalte Wind für einen Moment den Atem. Beim nächsten Schritt trat er in eine große Schneewehe und konnte sich gerade noch einen Aufschrei verkneifen, als die Nässe von oben in seine Schuhe kroch.

Auf dieser Seite des Hauses entdeckte er jetzt einen schwachen Lichtschimmer. Er bewegte sich langsam vorwärts, weiter auf das Licht zu.

Eine hohe Treppenstufe führte zu einer Holztür, offenbar ein Nebeneingang. Vorsichtig drückte er die Klinke herunter, aber die Tür war verschlossen. Als er zurücktrat, gab der Gitterrost unter ihm ein lautes Quietschen von sich. Bruno zuckte zusammen.

In Gedanken zählte er bis zehn. Biss die klappernden Zähne aufeinander.

Kein Geräusch. Nur sein Atmen.

Also ging er langsam weiter.

Ein großes Fenster kam in Sicht, wieder mit einer Außenjalousie verschlossen, ebenso die Terrassentür.

Gerade als er seinen Weg fortsetzen wollte, nahm Bruno einen Lichtschein wahr. Aus der Terrassentür. Vorsichtig leuchtete er mit der Lampe an den Türrändern entlang. Jemand hatte ziemlich rabiat ein großes Stück aus der Kunststoffjalousie herausgebrochen, um an den Griff der Tür heranzukommen. In das Glas war ein Loch geschlagen und plump mit einem Kissen wieder zugestopft worden. Der spitze Hammer, mit dem die Schäden angerichtet worden waren, lag halb verdeckt unter einer kleinen Schneewehe. Behrend ging in die Knie, zog das Kissen heraus und spähte durch das faustgroße Loch. Er erkannte einen Esstisch, darüber eine antike Lampe mit Porzellanschirm, eine Kommode, auf der Blumen und Dekozeug herumstanden, und daneben einen Deckenfluter, der das sanfte Licht verströmte. Vermutlich war der Dimmer der Stehlampe einfach nicht richtig zurückgefahren worden, denn der Lichtstrahl war minimal.

Mehr konnte Behrend nicht erkennen.

Wenn er sich nicht täuschte, waren da Stimmen, weiter weg. Nicht in diesem Zimmer.

Er richtete sich wieder auf. Lehnte sich schwer atmend gegen die Wand neben der Terrassentür.

Das war eine Nummer zu groß für ihn. Wenn er ehrlich war, dann machte er sich fast in die Hose. Verdammt, er brauchte die Kollegen aus Niebüll.

Wenn die Frau bewaffnet war, hatte er mit seinem Knüppel überhaupt keine Chance. Er versuchte verzweifelt, sich daran zu erinnern, was man ihm beim Kursus über den Umgang mit psychisch gestörten Geiselnehmern beigebracht hatte. Erst einmal allein handeln oder nie allein handeln? Langsam annähern oder gar nicht annähern? Mit dem Entführer sprechen oder auf Verstärkung warten?

Verstärkung. Pah, wenn er auf die wartete! Wahrscheinlich blühten eher die Osterglocken, als dass er hier einen Fachmann an seiner Seite hätte.

Der angstvolle Schrei eines Kindes ließ ihn zusammenzucken.

HENRIKE

Pascal hatte ihr dabei geholfen, den anderen zu vergessen. Zu verdrängen jedenfalls. Mit den Jahren dachte sie immer seltener an ihn.

Erst Jahre später stürzte alles wieder auf sie ein.

Carola hatte ihr natürlich erzählt, dass er geheiratet hatte. Dass er Vater geworden war. Aber als sie ihn dann das erste Mal mit seiner Familie sah, war es ein Schock gewesen.

Sie hatte mit Pascal in einem Straßencafé gesessen, um seinen ersten Buchvertrag zu feiern. Prosecco, Erdbeeren und Pancakes. Die Sonne schien wie sonst selten in Hamburg. Sie hatte sich so leicht und befreit gefühlt wie schon lange nicht mehr. Zum ersten Mal war sie sicher gewesen, ihr Leben in den Griff zu bekommen.

Und dann kam *er* aus dem Haus neben dem Café.

Der Junge musste fünf oder sechs sein und war ihm wie aus dem Gesicht geschnitten. Die Frau, die hinter ihnen das Haus verließ, eher unscheinbar. Eine wie Hunderte in Hamburg. Blonder Pferdeschwanz, Jeans, weiße Bluse, Steppweste in Dunkelblau.

Die Familie wäre ihr gar nicht aufgefallen, wenn nicht der Junge so laut gelacht hätte. Er hatte eine Figur dabei, Batman oder Spiderman, mit der er Flugbewegungen in der Luft machte. Sein Vater stoppte die Figur immer wieder und kitzelte das Kind dabei.

Erst als Pascal seine Hand auf ihren Unterarm legte und sie

laut ansprach, reagierte sie. Er musste bereits mehrfach gefragt haben, ob sie noch Kaffee wolle, denn sein Blick war verständnislos.

Sie riss sich vom Anblick der Familie los und war froh, als die drei in die entgegengesetzte Richtung gingen.

Dann hatte Pascal sie gebeten, bei einem Freund, einem Kinderarzt in der Praxis neben der, in der sie arbeitete, ein Buch abzuholen.

Hier traf sie wieder auf die Frau und das Kind.

Sie konnte nicht anders. Wollte das Kind ansehen. Richtig ansehen. Ging wie ferngesteuert auf den Jungen zu und lächelte ihn an.

Warum die Frau gleich so ein Theater veranstaltet hatte, verstand sie bis heute nicht. Sie war nur vor dem Kind in die Knie gegangen, hatte seine Hände genommen und es angesehen.

Der Junge war ihm so ähnlich. Er sah aus, wie ihr Kind ausgesehen hätte.

Die Mutter hatte herumgeschrien, was das solle und ob sie bitte sofort ihren Sohn in Ruhe lasse. Die Sprechstundenhilfe war ganz nervös geworden, von ihrem Stuhl aufgesprungen, mit dem Telefon in der Hand.

Sie war gegangen, ohne an das Buch für Pascal zu denken. War lange durch die Stadt gelaufen. Ziellos.

Danach war es wieder schlimmer geworden. Die Träume kamen auch wieder zurück.

Wenige Wochen danach trennte Pascal sich von ihr.

Er könne die Traurigkeit nicht mehr aushalten. Er habe ja versucht, ihr zu helfen, aber sie suhle sich in ihrem Unglück und wolle sich nicht helfen lassen. Das sei nicht das Leben, das er sich vorgestellt habe.

Die E-Mail im Papierkorb seines Computers erklärte vieles. Pascal würde ein fröhliches Leben mit einer anderen Frau beginnen. Er verließ sie für eine Brünette, die ihm Nacktfotos schickte, auf denen man den winzigen Babybauch schon erkennen konnte.

Sie hatte sich auch ein anderes Leben vorgestellt.

Nachdem Pascal ausgezogen war, hatte sie Zeit.

Niemand fragte danach, wohin sie ging nach Feierabend.

Niemand kontrollierte, was sie im Internet suchte.

Niemand verlangte von ihr, zu Hause zu sein, wenn sie doch lieber bei dem Jungen sein wollte.

Bei ihrem Jungen.

Sie wusste, wo er wohnte.

Sie musste ihn beschützen.

VIERUNDVIERZIG

Meter für Meter schob sich der Wagen vorwärts. Der ständige Blick auf das Schneetreiben vor der Fensterscheibe und das leichte, monotone Quietschen der Scheibenwischer ließen Bendix seine Müdigkeit noch deutlicher spüren. Er deutete aus dem Fenster. »War da nicht mal eine Disko?«

»Mann, Alter. Du warst echt lange nicht mehr hier, oder?« Sönke warf ihm einen schnellen Blick zu, konzentrierte sich dann aber wieder auf die Straße. »Die hat schon vor Jahren Pleite gemacht.«

Im Grunde wollte er sich nur wach halten. Reden und sich ablenken. Der Tanzschuppen war ihm ganz egal.

»'ne Zeit lang hat es noch ein anderer Besitzer versucht, wollte so ein Edelding draus machen, mit Livemusik und so, aber ich vermute mal, entweder waren die Drinks schlecht oder die haben einfach zu viel Eintritt genommen.« Sönke deutete mit der Hand nach vorn. »Weißt du noch, da in der Bushaltestelle?«

Das kleine braune Holzhäuschen mit den krummen Seitenwänden wirkte, als würde es gleich in sich zusammenzufallen.

»Na, komm, daran musst du dich doch erinnern.« Sönke war zu ungeduldig, um auf eine Bestätigung zu warten. »Na, Kai hatte doch dieses Mädchen abgeschleppt und wollte es ihr hier mächtig besorgen. Wir haben Schmiere gestanden, das musst du doch noch wissen. Wie peinlich, als mitten in der Nacht diese beiden besoffenen Angler auf ihren Fahrrädern ankamen und Kai dann mit halb runtergelassener Hose abgehauen ist.« Sönke gackerte wie ein Kind.

»Weiß ich nicht mehr, tut mir leid.«

Schlagartig wurde sein Freund wieder ernst und warf ihm erneut einen Blick zu. »Sag mal, was ist denn damals eigentlich zwischen dir und Henrike passiert?« Er schaltete den Scheibenwischer aus, es hatte aufgehört zu schneien. »Ich meine, wenn du nicht darüber reden willst, ist das okay, aber wir haben noch ein paar Meter zu fahren und ich würde schon ganz gerne wissen, wieso es dich so nervös macht, dass dein Sohn mit der alleine ist.«

Bendix setzte sich auf. Räusperte sich.

»Also, du musst natürlich nicht, wenn du nicht willst. Geht mich ja nichts an, also …«

»Schon gut. Was weißt du denn über die Geschichte von damals?«

»Nur das, was alle erzählt haben. Dass ihr zwei das tollste Paar der Welt wart, Liebe bis ans Lebensende, Topf und Deckel und so.«

»Ich meine, was man sich hier erzählt hat, als ich weggegangen bin.« Bendix versuchte, in Sönkes Gesicht eine Reaktion abzulesen. »Komm schon, ich weiß, dass in diesem Dorf geredet wird.«

»Ja, klar. Natürlich haben sich alle ganz schön gewundert, als du doch in Hamburg studieren wolltest.«

»Und?«

»Henrike war ja nach dir auch ganz schnell weg.«

»Wie, weg?«

»Na, die hat ihre Stelle beim Zahnarzt geschmissen und ist ebenfalls abgehauen. Einige haben sogar behauptet, ihr seid zusammen durchgebrannt und habt heimlich irgendwo geheiratet.«

»Wieso denn heimlich?«

»Na, weil dein Vater sie doch nicht leiden konnte.«

»Mein Vater war schon gestorben. Als ich sie kennengelernt habe, war er schon sehr krank und kannte Henrike kaum. Wieso hätte er etwas gegen sie haben sollen?«

»Du hättest das Gerede ja auch verhindern können, wenn du einem von uns gesagt hättest, was du vorhast.«

Bendix seufzte. »Das war auch für mich alles ganz schön schwierig.« Er erinnerte sich an die Henrike von damals. An das schöne, blasse Gesicht mit den grünen Augen, an Gedanken, die man dem Gegenüber nicht erklären musste, an ein Gefühl von Verwurzeltsein im anderen.

»Ihr wart ganz schön verknallt, oder?«

»Ja, das stimmt.«

»Und was ist dann passiert?«

Bendix lehnte die Stirn ans Fenster. Genoss die Kühle. Schloss die Augen. Sah Henrikes Gesicht an diesem Abend vor sich. Vor Wut verzerrt.

Purer Hass war ihm entgegengeschlagen. Und er war so unsicher gewesen, total überfordert.

»Sie hatte es darauf angelegt, schwanger zu werden. Hatte einfach aufgehört, die Pille zu nehmen, ohne vorher mit mir zu sprechen.«

»Wär aber kein Drama gewesen, oder? Ihr wart ja nicht mehr fünfzehn. Drei Jahre später ist mein Jüngster auch geboren.« Sönke klang verständnislos.

»Vielleicht. Aber ich habe mich viel zu jung gefühlt für ein Kind. Ich hatte ja gerade erst das Abi in der Tasche.«

Bendix versuchte, seine Gründe für die Trennung von Henrike wieder wachzurufen. Sie waren wirklich sehr verliebt gewesen, aber nach diesem Abend hatte er nur noch Hass empfunden.

»Vielleicht war ich gar nicht richtig in sie verliebt, sondern nur in die Idee, eine Freundin zu haben. Es war alles so einfach: der Job, verliebt sein, mit euch abhängen. Auf einen Schlag ist mir damals klar geworden, dass ich so nicht ewig weitermachen will, dass ich mich entscheiden muss, wo es hingehen soll im Leben, dass ich Verantwortung übernehmen muss. Ich wollte diese Entscheidung aber selbst treffen und nicht, dass sie über meinen Kopf hinweg getroffen wird, und ich wollte nicht für den Rest meines Lebens hier in Nordfriesland bleiben. Immer derselbe Job, immer dieselben Menschen …«

»Na, herzlichen Dank.« Sönke gab sich eingeschnappt. »Waren wir dir nicht gut genug?«

»Ich wollte eben mehr.«

»Und deshalb bist du einfach abgehauen.«

»Ich bin ja nicht einfach abgehauen.« Bendix versuchte, die Schärfe aus seiner Stimme zu nehmen. »An diesem Abend wollte ich eigentlich mit Henrike darüber sprechen, ob sie sich vorstellen kann, mitzukommen nach Hamburg. Aber du hättest sie sehen sollen, als ich gesagt habe, dass ich kein Kind will. Sie ist total ausgerastet, hat mich angeschrien. Als würde sie mir zum ersten Mal ihr wahres Gesicht zeigen. So hatte ich sie noch nie erlebt. Auch in den Tagen danach hat sie immer wieder angerufen und mich angeschrien am Telefon. Ich hab daraufhin mit ihr Schluss gemacht, aber ich hab ihr immer gesagt, dass ich mich nicht um die Verantwortung als Vater drücken werde.«

»Ich kann mich gar nicht daran erinnern, sie schwanger gesehen zu haben.«

»Sie hat das Kind nicht bekommen.«

»Oh.« Sönke sah stur auf die Straße.

»Henrike hat es mir geschrieben. Ich habe anfangs in Hamburg bei einem Freund gewohnt. Sie hat das Kind verloren, im dritten Monat schon.«

Sönke sagte gar nichts mehr.

»Danach wurde es richtig schlimm. Sie hat mich Tag und Nacht angerufen. Dauernd kamen Briefe von ihr und mehrfach hat sie mich vor der Wohnung abgefangen, um mit mir zu sprechen. Hat mir Bilder von toten Föten in den Briefkasten gesteckt, meine damalige Freundin mit Anrufen belästigt …«

»Woher hatte sie denn die Nummer?«

»Keine Ahnung.« Bendix schüttelte den Kopf. »Irgendwann ist sie auch mal bei meiner Mutter erschienen, hat erst ganz nett getan und dann angefangen, herumzuschreien und schlecht über mich zu reden. Meine Mutter hat sie damals hochkant rausgeworfen, muss unangenehm gewesen sein.«

»Und du denkst, jetzt will sie mit deiner Frau sprechen? Über dich? Mensch, Bendix, die Geschichte ist doch Jahre her.«

»Wenn du gesehen hättest, wie sich Henrike damals aufgeführt hat, dann wüsstest du, dass sie das niemals vergessen wird. Außerdem ist sie auch in Hamburg aufgetaucht.«

»Bei dir?«

»Sie hat mich und Insa monatelang mit Anrufen terrorisiert. Einmal hat sie im Wartezimmer des Kinderarztes gewartet, als Insa mit Lewe dort war.«

»Bitte? Warum hast du denn nicht die Polizei alarmiert?«

»Die unternehmen nichts, wenn keine Gefahr besteht. Und Henrike war ja immer zuckersüß, hat sich mir als Kindermädchen angeboten und so. Irgendwann hat das aufgehört. Auf einer Party habe ich gehört, dass sie jemanden kennengelernt hat, war wohl was Ernsteres.«

»Und wieso sollte sie jetzt wieder damit anfangen?«

»Keinen Schimmer.« Bendix überlegte. »Aber ich hatte in Hamburg zuletzt ein paarmal das Gefühl, als wäre sie da gewesen, wenn ich morgens das Haus verlassen habe.«

»Du meinst, sie hat euch beobachtet? Das ist doch Quatsch.«

»Vielleicht.«

Sönke schüttelte den Kopf. »Klingt nach 'ner schweren Macke, aber nicht gefährlich. Oder hat sie dich oder Insa mal angegriffen?«

»Nein, ich habe nur einfach gar kein gutes Gefühl dabei, wenn ich weiß, dass sie mit meinem Sohn alleine ist.«

Sönke nickte.

Bendix hatte den Eindruck, dass der Wagen schneller wurde. Er lehnte den Kopf an die Beifahrertür und lauschte dem gleichmäßigen Knirschen der Reifen im Schnee.

FÜNFUNDVIERZIG

Der Junge. Er musste sich sofort um den Jungen kümmern.

Bruno Behrend horchte noch einmal ins Haus. Jetzt war alles ruhig, aber er war sicher, dass er das Kind hatte schreien hören.

Er musste sofort etwas tun. Keine Zeit, Verstärkung zu holen. Irgendetwas war hier ganz und gar nicht in Ordnung.

Er nahm den Spitzhammer, ließ ihn dann aber doch liegen, zu schwer, zu unhandlich.

Zügig, aber vorsichtig schlich er weiter an der Hauswand entlang. Er umrundete einen Mauervorsprung, dann stand er seitlich eines übergroßen Fensters. Vermutlich das Wohnzimmer. Die Jalousie war nur halb heruntergelassen.

Bruno warf einen Blick in die Ferne. Keine Lichter. Vielleicht ein Feld. Etwas weiter entfernt dunkle Schatten am Horizont. Ein Haus? Aber viel zu weit weg, um von dort Hilfe zu holen.

Bruno Behrend spürte seinen Herzschlag so intensiv wie nie zuvor. Er bekam kaum noch Luft, seine Hose war ihm plötzlich zu eng, er nestelte sich unter dem Parka vor bis zum Hosenknopf und öffnete ihn.

Durchatmen.

Er hörte immer noch keine Geräusche aus dem Haus und von hier aus konnte er auch kein Licht erkennen. Trotzdem ging er in die Knie und kroch auf allen vieren unter dem

Fenster entlang bis zum nächsten durchgehenden Mauerstück. Richtete sich hier erst langsam wieder auf.

Noch ein Fenster. Kleiner diesmal.

Gedämpftes Licht fiel durch die halb zugezogenen Vorhänge.

Er hörte Stimmen. Undeutliches Getuschel. Weinen.

Langsam schob er sich in Richtung des Fensters. Warf einen Blick in das Zimmer.

Musste ein Stöhnen unterdrücken und sank wieder auf die Knie.

SECHSUNDVIERZIG

Ihr Junge weinte.

Sie verstand es nicht. Sie wollte ihm doch nur helfen. Ihn beschützen.

Und für immer bei ihm bleiben.

Sie hatte ihn in das untere Schlafzimmer geschickt, als er darüber klagte, dass er müde sei. Dann hatte sie ihm noch einen Kakao gekocht. Dieses Mal hatte sie das Mittel etwas höher dosiert, aber nur etwas.

Der Tag war anstrengend gewesen, sie brauchte selbst Ruhe. Deshalb musste sie auf jeden Fall sicherstellen, dass das Kind länger schlief als sie. Wenn sie sich ausgeruht hatte, würde sie entscheiden, wie es weiterging.

Sie spürte eine unerklärliche innere Unruhe. Fühlte sich irgendwie rastlos und unzufrieden. Dabei gab es keinen Grund, sich Sorgen zu machen. Die Frauen waren weg und würden nicht wiederkommen. Nie wieder, dafür hatte sie gesorgt. Niemand würde die beiden da draußen in der alten Scheune finden. Und selbst wenn, die Kälte hätte ihnen bis dahin dermaßen zugesetzt, dass sie nicht mehr in der Lage wären, noch irgendetwas zu erzählen. Dieses Problem würde sich also von ganz alleine erledigen.

Der Polizist war bis morgen früh ruhiggestellt. Der saß bestimmt gemütlich zu Hause, überzeugt, dass es dem Jungen gutging. Wenn der noch mal anfing, sich zu wundern, wäre sie längst unterwegs mit ihrem Kind.

Das Auto war gut versteckt und der Schnee würde dafür sorgen, dass es keine Spuren gab. Bis morgen würde das Wetter sicher besser werden.

»Schau mal, ich habe dir eine heiße Schokolade gemacht.«

Der Junge hatte sich auf dem Bett eingerollt. Er wimmerte leise vor sich hin und reagierte nicht.

Sie setzte sich auf die Bettkante. »Das wird dir guttun.« Sie reichte ihm den Becher.

Das Kind richtete sich auf. Nahm den Becher. Trank, trank noch einen großen Schluck. Erwiderte ihr Lächeln mit einer hasserfüllten Grimasse. »Ich will den blöden Kakao nicht.« Er stieß ihr den Becher entgegen, sah sie dann erschrocken an, als die heiße Flüssigkeit sich auf dem Bett verteilte. Süßer Geruch.

»Das war dumm von dir.«

Der Junge rutschte auf dem Bett zurück, immer weiter weg von ihr. Er hatte einen gehetzten Ausdruck in den Augen, wieso denn nur?

»Wo ist Albert? Sie haben gesagt, ich bekomme meinen Hund zurück, wenn ich dem Polizisten nichts sage.«

Sie rutschte auf dem Bett hinter ihm her. Schob das nasse Kissen zur Seite, legte eine Hand auf sein ausgestrecktes Bein. »Du brauchst keinen Hund. Ich bin doch da. Komm mal her zu mir.« Sie breitete die Arme aus, aber der Junge kletterte vom Bett und wollte aus dem Zimmer laufen. Sie erwischte ihn gerade noch am Arm.

»Nein! Nein, lassen Sie mich los! Ich will zu meiner Mama.«

Sie umklammerte den Jungen und wiegte ihn wie ein Neugeborenes. Er wand sich in ihren Armen.

»Schhhhhhhh. Du musst dich beruhigen. Alles wird gut.« Für einen Moment lag er ruhig da, bevor er wieder versuchte, sich zu befreien. Dann kam die Müdigkeit. Die Dosierung war diesmal hoch genug gewesen.

Es war wohl besser, sich jetzt gleich zu entscheiden.

Sie wollte mit ihm zusammenbleiben.

Für immer zusammenbleiben und sich nie mehr von ihm trennen.

Sie begann, ein Kinderlied zu singen.

Vergewisserte sich, dass die Pille noch in ihrer Hosentasche war. Griff nach einem Kissen und legte es dem Jungen auf das Gesicht.

Sie würden für immer zusammen sein und niemand würde sie stören.

Dann hörte sie ein Geräusch.

Sie nahm das Messer und stand auf.

SIEBENUNDVIERZIG

Der Wagen war bis zum Haus ihrer Schwiegermutter vor ihr hergefahren und bog jetzt in die Auffahrt ein. Der Schnee hatte nachgelassen, beinahe aufgehört. Es schien auch heller geworden zu sein.

Neben dem Haus parkte bereits ein dunkelroter Kombi. Insa kannte weder das eine noch das andere Auto. Und aus dem Haus drang kein Licht. Wahrscheinlich waren Lewe und Bendix längst schlafen gegangen.

Die Fahrertür des kleinen grünen Autos öffnete sich und ein breitschultriger, kräftiger Mann stieg aus. Auf dem Kopf eine blaue Pudelmütze, der Parka mit dem riesigen Fellkragen, den er trug, war sicher schon im vergangenen Jahr aus der Mode gewesen. Der Mann streckte sich und schaute sich dabei um. Sein Blick verweilte in ihrer Richtung. Er winkte.

Insa duckte sich hinter die Windschutzscheibe, fand sich dann selber albern und stieg aus.

Der dicke Mann kam auf sie zu.

»Sönke?« Das ungute Gefühl machte Erleichterung Platz, als sie den Mann erkannte. »Was machst du denn hier?«

»Insa, Mensch!« Sönke schloss sie in die Arme und drückte sie so fest, dass sie nach Luft ringen musste. »Wie gut, dass du hier bist. Bendix war schon ganz beunruhigt.«

Insa schob den Bären ein Stück auf Abstand. »Wann hast du denn mit Bendix gesprochen?«

Sönke deutete mit dem Daumen zu dem grünen Auto hinüber. »Der liegt auf dem Beifahrersitz und pennt, war komplett erledigt, da hat er mal eben die Augen zugemacht und …«

Den Rest hörte Insa schon nicht mehr, weil sie so schnell wie auf dem unebenen und glatten Boden nur möglich zum Auto rannte. Als sie die Beifahrertür aufriss, schreckte Bendix aus dem Schlaf.

Er schaute sie fragend an. Seine Miene wechselte von schläfriger Abwesenheit über Erkennen bis zu irgendetwas zwischen Traurigkeit und Angst. »Insa!« Langsam streckte er den Arm aus und streichelte ihre Wange. »Wo bist du denn bloß gewesen? Ich versuche seit Stunden, dich zu erreichen.«

»Es gab einen Unfall und dann wurde ich niedergeschlagen und …« Die Erinnerung kam zurück. Der Schlag auf den Kopf, der alte Schuppen, der lange Weg durch die Nacht. Grete.

»Einen Unfall? Und wo ist meine Mutter?«

Insa fing an zu weinen. Schüttelte den Kopf.

»Was ist denn los? Ist meiner Mutter etwas passiert? Ist sie im Krankenhaus?«

Jetzt kamen die Tränen haltlos. Wie sollte sie Bendix erklären, dass seine Mutter gestorben war? Dass sie vermutlich schuld war an ihrem Tod?

Bendix stieg aus dem Auto, nahm sie in den Arm. Mehr als um Lewe sorgte er sich jetzt um seine Frau. »Was ist denn passiert?«

Sie schubste ihn weg. »Wieso bist du denn überhaupt hier und nicht drinnen? Wo ist Lewe?«

»Ich habe in London festgesessen, mein Flug ist storniert worden und …«

Insa schaute zum Haus. »Und Lewe ist jetzt ganz allein da drinnen? Schon den ganzen Tag?«

Sie wollte zum Haus laufen, aber Bendix hielt sie am Arm fest. »Nun warte doch, du bist ja völlig fertig. Ich gehe und hole Lewe. Na, komm, setz dich in den Wagen.« Sanft schob er sie in Richtung der Beifahrertür.

»Na, Henrike ist auf jeden Fall noch da. Was das angeht, war deine Sorge berechtigt.« Sönke war auch wieder am Auto angekommen. »Nicht zu übersehen.« Die Hände tief in den Parkataschen vergraben, deutete er mit dem Kinn auf den Knick weiter vorn an der Straße. Von hier aus konnte man einen dunklen Schatten hinter den Büschen ausmachen, der ganz eindeutig zu einem größeren Auto gehörte.

»Henrike?« Insa klapperte mit den Zähnen. Nicht nur wegen der Kälte.

»Doch nicht *die* Henrike?« Insa stand noch immer unschlüssig vor dem Wagen. »Spinnst du eigentlich? Was läuft denn hier? Wieso ist diese Frau da drinnen bei unserem Sohn? Und wieso ›Sorge‹? Was ist denn bloß mit dir und dieser Henrike, dass niemand mit mir darüber reden will?« Sie schrie Bendix an und schubste ihn.« *Die* Henrike, die monatelang Tag und Nacht angerufen hat? Diese Irre, die mich und Lewe mal beim Kinderarzt abgepasst hat? *Die* Henrike ist jetzt bei unserem Kind? Die ist doch zu allem fähig!«

Bendix versuchte, Insas Handgelenke zu fassen und sie festzuhalten.

»Wenn du mir jemals erzählt hättest, was zwischen euch vorgefallen ist, dann wäre das alles nicht passiert. Es ist alles deine Schuld!«

»Insa, hör mir zu. Ich werde es dir erklären …«

Sönke mischte sich ein. »Äh, ich weiß, mich geht das alles nichts an, aber jetzt ist vielleicht nicht so ein günstiger Zeitpunkt für so eine Diskussion.«

»Ich will deine Scheißerklärungen auch gar nicht hören, ich will zu meinem Sohn!« Insa stapfte entschlossen Richtung Haus.

ACHTUNDVIERZIG

So rasch er konnte, war Bruno Behrend zurück zur Terrassentür gelaufen. Er musste unbedingt ins Haus, schleunigst.

Vorsichtig steckte er die Hand durch das Loch im Glas, tastete nach dem Griff, drehte ihn so, dass er die Tür aufstoßen konnte. Das kaputte Glas schnitt ihn ins Handgelenk, aber darum würde er sich später kümmern.

Im Zimmer nebenan war es verdächtig und sehr beängstigend still. Leise schob er die Terrassentür ganz auf, fasste mit der anderen Hand die Gardine, trat ins Haus.

Höllenlautes Knirschen, als seine Stiefel auf die Scherben auf dem Parkettboden trafen.

Er ließ seinen Augen einige Sekunden Zeit, um sich an die neuen Lichtverhältnisse zu gewöhnen. Ging dabei vorsichtig in Richtung der Tür, die sich als helleres Rechteck am Ende des Raumes abzeichnete.

Hörte eine Frauenstimme.

Ein Wiegenlied.

Leise Schritt für Schritt weiter, immer dem Gesang nach.

Durch einen schmalen Flur, vorbei an einer Tür auf der linken Seite. Ein Badezimmer. Leer.

Die nächste Tür, auf der rechten Seite, war angelehnt. Ein schmaler Streifen Licht zeichnete sich auf dem Fußboden ab. Der Gesang wurde lauter.

Behrend griff nach seinem Schlagstock und schob die Tür auf.

Der Junge lag auf dem Bett, er war sehr blass und hatte dunkle Schatten unter den Augen. Bruno konnte nicht erkennen, ob das Kind nur schlief oder gar nicht mehr atmete. Langsam machte er einen Schritt ins Zimmer. Und noch einen.

Dann traf ihn die Tür mit voller Wucht seitlich am Arm und die Rothaarige stand vor ihm, ein blutverschmiertes Messer in der Hand. Und ihr Gesichtsausdruck ließ darauf schließen, dass sie es noch mal benutzen würde. In Sekundenschnelle holte sie aus und schnitt ihm überraschend zielsicher mit der scharfen Klinge in die Wange.

Der Schmerz war grauenhaft. Bruno taumelte zurück. Stieß gegen die Wand.

Sie kam hinterher, legte nach, traf ihn wieder mit dem Messer im Gesicht.

Er schmeckte Blut, seine Wange brannte wie Feuer. Hörte sich selbst stöhnen. Ihm wurde schwindelig.

Als er mit dem Schlagstock ausholen wollte, schnitt sie ihn in die Hand.

Sie war viel zu schnell für ihn. Die starken Schmerzen und das viele Blut machten ihn langsam. Und der Schnitt an der Hand war sehr tief. Bruno sah, wie das Blut aus seinem Handrücken quoll und auf den Boden tropfte. Große Mengen Blut waren schon immer ein Problem für ihn gewesen.

In seinen Ohren ein sirrendes Geräusch. Er schloss die Augen und ließ den Stock fallen. Taumelte, versuchte, sich abzustützen, und ging schließlich zu Boden.

Als Bruno die Arme hob, um weitere Angriffe abzuwehren, hörte er die Frau noch sagen: »Niemand nimmt mir meinen Jungen weg!«

Dann hörte und fühlte er gar nichts mehr.

NEUNUNDVIERZIG

»Ich glaube nicht, dass das jetzt der richtige Zeitpunkt ist, um deine Frau alleine zu lassen.« Sönke deutete mit dem Kinn in Richtung Haustür. »Auch wenn sie gerade ziemlich sauer auf dich ist.«

Insa hatte sich unter die Klönschnackbank gebeugt und schien etwas zu suchen.

»Auf jeden Fall ist die Polizei auch schon da, siehst du den Kombi?« Sönke deutete zu dem dunkelroten Kombi. »Das ist der neue Dorfbulle.«

Sie hatten Insa eingeholt, als sie gerade den Schlüssel ins Schloss schob. Sönke hielt ihren Arm fest, als sie die Tür aufstoßen wollte. Er flüsterte: »Wenn die Alte nicht ganz frisch ist in der Birne, dann ist es vielleicht besser, nicht mit so einem Riesengepolter ins Haus zu stolpern, sondern lieber erst mal die Lage abzuchecken.«

Insa nickte und schob die Tür vorsichtig auf.

Bendix trat hinter ihr in das dunkle Haus.

Sönke hob den Zeigefinger an den Mund.

Jetzt vernahmen sie alle das Stöhnen. Leidvoll, so als müsse jemand schlimme Schmerzen aushalten. Dann hörten sie die eiskalte Stimme der Frau: »Niemand nimmt mir meinen Jungen weg!«

Sönke stand neben der Kommode am Hauseingang und sah aus, als würde sich Panik in ihm ausbreiten.

Insa begann zu zittern.

Bendix nahm ihre Hand, sie ließ es geschehen, momentan wohl eher aus Kraftlosigkeit.

Sönke ging langsam, Schritt für Schritt, auf das Schlafzimmer zu, aus dem die Stimme gekommen war. Bendix und Insa folgten ihm leise. Die Tür stand einen Spaltbreit offen, und Bendix konnte seinen Jungen sehen, der auf dem Bett lag und zu schlafen schien.

Henrike stand mit dem Rücken zu ihnen vor einem Mann in Polizeiuniform, der in sich zusammengesunken auf dem Boden saß. Und da war auch sehr viel Blut.

Sönke musste würgen und rannte Richtung Ausgang.

Durch das Geräusch aufmerksam geworden, drehte Henrike sich um. In der einen Hand hielt sie ein blutiges Messer, in der anderen einen langen schwarzen Stock. »Hallo, Bendix.«

Insa stürzte an ihnen vorbei ins Zimmer, zum Bett. »Lewe, oh mein Gott, was hat sie mit dir gemacht?« Sie zog den Jungen auf ihren Schoß, wiegte ihn und weinte. »Lewe, du musst aufwachen. Bitte, bitte, wach doch auf!« Sie nahm ihn fest in den Arm. »Wir brauchen einen Krankenwagen, schnell!«

Henrike hob die Hand mit dem Messer und trat einen Schritt näher an das Bett heran. »Lass ihn los.«

»Henrike, hör mir zu.«

Sie drehte sich zu Bendix um. »Niemand nimmt mir meinen Jungen weg.« Dann stand sie da, das Messer in der erhobenen Hand, und schien nicht recht zu wissen, auf welchen der beiden Erwachsenen sie zuerst losgehen sollte.

»Das ist nicht Ihr Junge! Lewe ist *unser* Sohn. *Unser* Kind.« Insa stand auf, leicht schwankend, das Kind auf dem Arm, und schrie ihren Mann an. »Ruf verdammt noch mal endlich einen Krankenwagen oder willst du, dass er stirbt?«

»Wie denn, zum Teufel? Das Netz ist tot, man kann nicht telefonieren!«

Henrike ließ den Stock fallen, wechselte das Messer von der einen in die andere Hand. »Ich höre dir nicht zu. Du hast mir nichts mehr zu sagen. Ich muss meinen Jungen beschützen. Vor dir. Du wolltest mir schaden, immer schon. Ich muss aufpassen, dass du meinem Kind nicht wehtust.«

Während Bendix immer noch Henrike fixierte, hörte er Insa sagen: »Hilf mir, Bendix. Wir müssen ihn hier rausbringen. Er muss sofort in ein Krankenhaus.«

»Du bringst ihn nirgendwohin. Lass deine Finger von meinem Jungen!« Henrike hielt Insa das Messer an den Hals.

Ohne zu überlegen, versetzte Bendix ihr einen heftigen Stoß in die Seite.

Sie fiel mit einem grellen Schrei neben dem Bett auf den Boden, rappelte sich aber sofort wieder auf und wandte sich nun Bendix zu. »Du bist so ein mieses Schwein. Deinetwegen habe ich meinen Sohn jahrelang nicht gesehen.«

»Henrike, das ist doch nicht wahr. Lass uns in Ruhe über alles reden. Wirf erst einmal das Messer weg, ich bitte dich. Henrike!«

»Du hast mich nie wirklich geliebt.« Sie sprang auf ihn zu und wollte ihm das Messer in die Brust stoßen.

Bendix konnte den Angriff mit der Hand abwehren, musste aber einen schmerzhaften Schnitt in die Handfläche hinnehmen.

Henrike tänzelte vor ihm hin und her, immer noch das Messer in der Hand.

Insa hatte sich mit Lewe im Arm wieder auf das Bett gesetzt. Sie hatte die Augen geschlossen und flüsterte ihrem Sohn etwas ins Ohr. Tränen liefen ihr übers Gesicht.

Wieder sprang Henrike auf Bendix zu. Und wieder konnte er nur knapp ausweichen.

Dann gab es einen dumpfen Schlag.

Henrike verdrehte die Augen und ging zu Boden.

Keuchend stand der Polizist hinter ihr. Ließ den Schlagstock fallen und stützte sich mit den Händen auf den Knien ab. Holte schwer Atem und sah Bendix an. »Ich nehme an, Sie sind Herr Steensen?«

Bendix nickte.

»Bruno Behrend. Wir haben telefoniert.« Der Mann richtete sich mühsam auf. Zog Handschellen aus dem Gürtel an seiner Hose und fesselte damit Henrikes Hände.

Bendix setzte sich neben Insa aufs Bett, streichelte Lewe. Gab ihm einen Kuss, drückte ihn an sich. Erleichtert lauschte er den tiefen Atemzügen seines Sohnes.

»Wie geht es ihm?«, wollte der Polizist wissen.

»Er atmet ganz ruhig. Ich denke, das ist erst einmal ein gutes Zeichen, nicht wahr?« Bendix nahm die Hand seiner Frau und hielt sie sehr fest.

Sönke stand plötzlich in der Tür. »Das Handynetz funktioniert wieder. Ich hab einen Krankenwagen gerufen und den Verbandskasten aus meinem Auto mitgebracht.« Er blieb an der Tür stehen und streckte die Hand aus, um dem Polizisten die grüne Plastikbox zu reichen.

»Ich glaube, dabei brauche ich Hilfe. Kommen Sie, wir gehen mal ins Badezimmer.« Bruno Behrend schob Sönke vor sich her.

Bendix warf einen Blick auf die gefesselte Henrike am Boden. Insa hatte den Kopf an seine Schulter gelehnt und weinte immer noch still vor sich hin.

Lewe würde wieder aufwachen.

Ganz bestimmt würde alles gut werden.

EPILOG

Sie weiß genau, was sie jetzt tun muss.

Was sie sagen darf, was sie besser verschweigt.

Sie kennt die Ärztin, die Polizei.

Sie hat solche Gespräche schon mal geführt.

Sie hat nichts getan, nur auf den Jungen aufgepasst. Die Folgen dieser Nacht werden überschaubar bleiben. Sie werden sie gehen lassen.

Bald.

Dann holt sie ihren Jungen.

Für immer.

Etwas ist falsch, aber sie wird es wieder richtig machen.

König Salomo, du weißt, was richtig ist.

DANKE

Zwischen der Idee, entstanden auf einer Autofahrt in Nordfriesland an einem kalten Wintertag, und diesem Buch liegen viele, viele Wochen. In dieser Zeit gab es Unterstützung von vielen.

Stephan und Titus sind immer die Ersten: bei Kritik und beim Lesen, bei Ideen und im Leben. Sie sind die, die mich aushalten, wenn ich da bin, und die, die aushalten, dass ich nicht viel da bin.

Dank an

Katja, Vroni, Mechthild, Ruth, Andreas, Leo, Andreas und Eva, Mitstipendiaten am Literaturhaus München, die auch Mut-Stipendiaten waren und sind.

Zoë Beck für „Niemand hat gesagt, dass es einfach wird", und „Du kannst das."

Katrin Lange, Thomas Wörtche und Tobias Gohlis, hart und zart allesamt.

Tom, der die schrecklichste Reise seines Lebens für mich noch einmal durchlebte.

Claudia und Elke, deren Bruno ich ein wenig zu meinem Bruno machen durfte.

Torsten, Arzt, dem die Menschen vertrauen, obwohl er die besten Ideen für Mord und Totschlag hat.

Lavinia, Leserin der ersten Stunde, wertvolle Kritikerin mit einem besonderen Blick fürs Wetter.

Holger für die allerschönsten Lesetermine.

Hannelore Hartmann für Hirn, Herzlichkeit, Hingabe!

Allen Freundinnen, Freunden, Kollegen und Kolleginnen, die mein Schreiben begleiten mit Neugier, Ermunterung und Interesse: Es ist großartig, euch zu haben.

Danke an all die Buchhändlerinnen und Buchhändler, die nicht aufgeben, die sich jeden Tag wieder reinhängen, wenn es darum geht, Menschen zum Lesen zu bewegen und von Büchern zu begeistern. Ich komme euch alle besuchen.

Vor allem aber danke, liebe Leserinnen und Leser, ohne Sie wäre das alles hier nicht möglich. Ich freue mich auf Gespräche und Post, persönlich und im Internet.